ILS DORMENT

Du même auteur

Les enquêtes du commissaire Jean Levigan

Des silences et des hommes (*Tempus fugit, opus 5*), Éditions du Cerf, 2017.

Dans l'ombre du Saint Suaire (*Tempus fugit, opus 4*), Éditions du Cerf, 2015.

De poussière et de cendre (*Tempus fugit, opus 3*), Éditions Mémoires Millénaires, 2013.

L'Agonie du jour (*Tempus fugit, opus 2*), Éditions Baie des Anges, 2012.

Morte-saison sur la Jetée-Promenade (*Tempus fugit, opus 1*), Éditions Baie des Anges, 2011.

Théâtre

Napoléon et Joséphine, un amour impérial, Éditions du Cerf, 2021.

Et Salomé pleura sur son crime, Éditions du Cerf, 2019.

www.carinemarret.fr

CARINE MARRET

ILS DORMENT

Roman

LES ÉDITIONS DU CERF

www.editionsducerf.fr
24, rue des Tanneries
75013 Paris

ISBN 978-2-204-15438-3

Ils dorment. Ils sont là, près de moi. Clémence, ma femme, mon aimée. Pierre et Pauline, la chair de ma chair. Ils dorment. Rien. Aucune émotion. Le silence. Le silence qui m'effrayait petit à la campagne, le silence des non-dits, le silence de la peur qui dévore, de la mort qui rôde. Le silence précédant le crime, le silence lui succédant. Le silence contenant tout un monde, la terre avant ses premiers frémissements, les voix qui se sont tues, la minute après le dernier soupir. Le silence ne m'effraie plus.

Ils dorment. J'étais parti pour fuir le silence, non celui de la plénitude mais celui du néant, non celui de l'harmonie mais celui de la feinte. Le silence qui cache le monstrueux. Celui des secrets de famille dans les salons aux rideaux tirés, des liaisons adultères dans les chambres aux odeurs d'humidité, des gamines abusées dans les granges. J'avais dix-huit ans. La ville, elle, ne dort jamais. Le vacarme des voitures, les disputes des voisins, les travaux incessants, la musique s'échappant des fenêtres, les conversations dans la rue. La ville où le mal ne se dissimule pas, ne se bâillonne pas, où le mal est englouti par le bruit.

Ils dorment. Et le jour va bientôt se lever. Je suis assis par terre, adossé au mur. Le plafonnier de l'entrée est allumé. Il trouble l'obscurité. Tout est figé. Et peut-être si je regagnais la chambre, tout recommencerait là où tout s'est arrêté. Rien n'aurait changé. Je me glisserais dans le lit, à côté de Clémence. Je plongerais dans le sommeil. Et demain, dans quelques heures, je descendrais dans la cuisine boire un café fort, les enfants passeraient rapidement avaler une tartine en restant debout, expédiant ainsi leur petit-déjeuner. Ils récupéreraient leurs affaires et se dirigeraient vers la porte. Je sors avec Sandra après les cours, mais si, tu sais, nous avons prévu d'aller au cinéma ensemble. D'accord, mais sois de retour pour le dîner. Et toi, Pauline ? Mais voyons, Papa, c'est mardi, j'ai ma leçon de violon. Ils refermeraient la porte et marcheraient vers l'arrêt de l'autobus les conduisant au collège pour l'une, au lycée pour l'autre.

Ils dorment. Et je veille. L'angoisse demeure en retrait. Était-ce le prix à payer pour que les pensées arrêtent ce ravage dans mon esprit ? Je dirais à Clémence que Pierre voit beaucoup Sandra en ce moment, que nous ne la connaissons même pas. C'est de son âge, me répondrait-elle. Il a seize ans. Et il est plutôt facile pour un adolescent. Il ne nous parle pas avec insolence, ne dépasse pas les horaires de sortie autorisés. Il est bon élève. Oui, tu as raison. Bien sûr que j'ai raison. Nous avons de la chance. Et il faudra penser au cadeau d'anniversaire de Pauline. Notre petite fille va bientôt avoir treize ans. Tu te rends compte ? Clémence boirait encore une gorgée de thé, reposerait sa tasse sur la table, attraperait son sac. Je file. À ce soir, mon chéri.

C'était peut-être ça le bonheur.

Ils dorment. Ils dorment pour toujours. Ils n'ont pas souffert.

Les premières lueurs de l'aube. Combien de temps encore pour la vie avant de reprendre son cours ? Combien de temps pour les autres avant de se réveiller ? Tous ces autres, étrangers à notre maison. Tous ces autres, qui vous jaugent et vous jugent et entraînent vers l'abîme. Tous ces autres se sentent à leur place. Tous ces autres sont à leur place. Ils vont, ils viennent, ils vaquent à leurs petites occupations. Et ils se mêlent, mine de rien, de ce qui ne les concerne pas. Les tenir loin de nous enfin. Le repos sera de courte durée.

D'abord prévenir. Empêcher les questions et les recherches. Envoyer un courrier électronique au travail de Clémence, à la famille, c'est-à-dire à mon frère, à nos amis, au lycée et au collège des enfants. Nous aurions pu patienter pour partir en vacances. Les cours finissent dans deux semaines. Ce n'est pas bien sérieux. Tant pis ! Un séjour dans l'ouest canadien pour les retrouvailles de Clémence avec sa sœur. Vingt ans que celle-ci est installée là-bas et a coupé tout contact avec la France.

Jouer sur l'aspect émouvant des circonstances, sur la difficulté d'avoir évoqué ce voyage avant, sur le besoin de tranquillité. Nous vous ferons signe.

Un message à Sandra et à deux ou trois camarades de Pierre. Même topo. Et je suis super content. Mais inutile de te préciser que, vu le nombre de kilomètres, mon père a déjà prévu de bloquer mon forfait. Je suis à l'aéroport. J'éteins le téléphone. Je te raconterai au retour. Pour Sandra, je pense à toi. Pour les copains, préviens les autres. Bien sûr, au bout d'un moment sans nouvelles, nos amis taperont le nom de la sœur de Clémence sur internet pour se procurer ses coordonnées. J'ai déjà essayé. Elle est introuvable. Elle a dû se marier et prendre le nom de son époux. Ou elle a peut-être quitté le Canada depuis. En tout cas, ici ou ailleurs, elle n'apparaît nulle part.

Ne laisser aucune trace. Les ordinateurs. Les téléphones. Les lettres. Les photos. Par où commencer ? Attendre un peu.

Je sens encore l'odeur de la poudre. Je devrais me laver les mains. Mais je n'ai pas la force de bouger. Pas encore. J'en ai presque le goût dans la bouche. J'ai posé une bouteille de scotch à côté de moi. J'en bois plusieurs gorgées. Rien n'y fait. Le goût, l'odeur de la poudre. Dans la pénombre, je distingue les corps dissimulés dans les housses en plastique opaque, à quelques mètres. Et toujours ce silence.

J'y réfléchis depuis des mois. J'ai tout examiné, analysé notre situation sous toutes ses coutures. J'ai noirci des pages et des pages de notes, de calculs.

Je me suis appliqué à envisager toutes les solutions. Encore combien d'années à batailler, à se mentir, à jouer à la famille aisée, à la famille modèle ? Tout se lézarde de tous les côtés. Je ne parviens plus à colmater les brèches. Il n'y avait pas d'alternative, pas d'autre échappatoire. Tout cela était trop lourd à porter.

Je n'aurais pas dû laisser allumé le plafonnier de l'entrée. Son éclairage fade rend la scène poisseuse. L'air est à peine respirable. Quand pourrai-je enfin reprendre mon souffle ?

Le soleil se lève. Je n'ai pas dormi. J'entends les oiseaux de l'aurore, les mêmes que j'entends lors de mes longues insomnies. Ils annoncent le jour et je suis encore du côté de la nuit. Je m'épuise à franchir le fossé. Et ils chantent, et ils chantent, ils s'interpellent, ils se questionnent, ils se répondent. Ils se comprennent. Un nouvel ordre est révélé. Et je reste invariablement exclu de cette renaissance, captif d'un autre espace-temps, d'un univers parallèle où le chaos n'en finit pas. Mais peut-être pour la première fois ce matin ai-je atteint l'autre rive.

Maintenant, les bruits de la ville. Quelques voitures passent avec au volant ceux à qui appartient le monde. Les voisins, et tous ces autres, se sont extirpés de leur lit. Ils se préparent, ils s'affairent, tels de petits insectes, misérables vermisseaux. Ils s'observent dans le miroir, ils s'encouragent, s'autocongratulent. Leur agenda est bien rempli. Ils se pensent importants. Et ils sont contents.

Jusqu'au soir, ils reproduiront les mêmes gestes qu'hier, et demain les mêmes gestes qu'aujourd'hui. Ils s'agiteront dans tous les sens, diront du mal de leur prochain, convoiteront sans désir, s'enivreront sans plaisir, écœurants de prévisibilité. Ils s'imagineront mener une existence trépidante. Ne jamais s'arrêter. S'empêcher de trop réfléchir pour conjurer les idées sinistres et pernicieuses. Courir, toujours courir. Courir pour ne pas tomber.

À quel moment trébucheront-ils ? Peut-on tenir jusqu'au bout à l'écart de soi ? Et où se terre la vérité ?

Des frissons me glacent le corps. La fatigue, sans doute. Je me traîne jusqu'à mon bureau. Je range la carabine dans son étui. Agir avec méthode.

Je vais prendre une douche. Me débarrasser de cette odeur de poudre. Je monte à l'étage. Après un passage dans la salle de bains, juste avant de redescendre, je récupère le téléphone de Clémence, puis celui de Pierre et son ordinateur portable. Je mets les oreillers et les taies ensanglantés dans un sac-poubelle. Je ferme les portes des chambres les unes après les autres. Suturer, clôturer, jusqu'au bout.

Dans le salon, la tablette familiale, utilisée aussi par Pauline. J'envoie les messages les plus urgents pour tenir à distance les importuns, les gêneurs, les enquiquineurs, tous les nuisibles. Je raconte toujours la même histoire, le plus souvent en quelques mots, parfois en plusieurs paragraphes, avec plus ou moins de détails. Je modifie le style en fonction du propriétaire de l'appareil et du destinataire. Je signe de mon nom, de celui de ma femme, ou de celui de mon fils. Qu'on nous laisse tranquilles, qu'on me laisse tranquille.

Je m'allonge sur le divan. Les souvenirs proches et lointains se mélangent. Les premiers pas de Pierre, le sourire triste de Pauline, les robes d'été de Clémence. Les kilomètres parcourus, les espoirs de réussite, les revers, les crépuscules d'hiver brumeux, les tensions, les heurts, l'étau qui se resserre, et se resserre encore. Jusqu'au point de non-retour. Jusqu'à l'effondrement. Inévitable. Funeste.

Enfin, je m'assoupis.

Mon histoire a commencé quand j'ai rencontré Clémence. Nous avions le même âge. Vingt-cinq ans. Elle était tout. Elle avait tout. Je ne venais de rien. Je n'étais rien. Elle avait terminé des études de biochimie. Elle était belle. Elle était libre, indépendante. J'étais prêt à n'importe quel stratagème pour la séduire.

J'avais grandi dans un village d'Eure-et-Loir, puis déménagé à Versailles après la mort de mon père. Nouveau domicile, nouveau lycée, nouveaux amis. Il avait fallu s'adapter. Le bac en poche, j'avais ensuite vécu en dilettante. La fac à Paris, les filles faciles à impressionner, les passades, les sorties, puis les déménagements au fil de mes fantaisies, les emplois précaires ou plus ou moins saisonniers, vite trouvés, vite lâchés.

Quelques années entre parenthèses à papillonner, à privilégier dans tous les domaines l'inconstance et l'instabilité. Il était temps de grandir. Il était temps de me poser pour avancer. J'avais besoin d'un ancrage. J'avais besoin d'une attache. Ne plus me perdre à poursuivre des chimères et à guetter de vaines opportunités.

J'étais d'abord tombé amoureux de sa voix, au téléphone.

Clémence était créatrice de parfums. Et je souhaitais offrir à ma mère pour ses cinquante ans une fragrance sur mesure. Je m'étais donc rendu dans une maison de luxe réputée pour faire confectionner ce cadeau original. Un homme en costume très élégant m'avait reçu. Quelle excellente initiative vous avez prise, Monsieur ! Une initiative surprenante, audacieuse. Nous sommes ravis de vous accueillir. Il m'avait renseigné sur les différentes options, sur les tarifs, et le déroulement de chaque étape. J'avais signé un formulaire, puis un chèque. Toutes nos félicitations, Monsieur ! Un « nez » vous contactera très prochainement pour fixer un rendez-vous. Le « nez » m'avait contacté le lendemain. Mais le « nez » était surtout une voix.

Une voix de femme. Une voix qui m'a troublé, bouleversé. Une voix fragile et singulière. Une voix suave et mystérieuse mêlant le bruissement des feuilles dans le vent, la douceur de l'eau claire du ruisseau qui court paisiblement, la force régénératrice du torrent. Le premier chant du monde. Et cette voix était celle de Clémence.

J'ai noté la date et l'heure de l'entretien. Une semaine à patienter. Sept jours. Sept nuits. Plus qu'il n'en fallut à Dieu pour achever son œuvre. Une éternité ! Je l'ai rappelée en inventant que j'avais égaré le papier, juste pour l'entendre à nouveau. Puis une autre fois encore, pour une question anodine, en dehors des heures de bureau. Ainsi, elle me rappellerait à son tour, je ne répondrais pas, elle laisserait un message. Et je pourrais lui prêter l'oreille pendant des heures. C'était mon premier téléphone portable. Je me souviens de l'annonce de l'opérateur. Pour réécouter ce message, faites le 1. J'ai fait le 1. Une fois, dix fois, des centaines de fois. Une nuit entière, deux nuits, trois nuits. C'était un cantique. Chaque intonation, chaque inflexion légère, chaque soupir discret, chaque court silence renfermait ma vie entière.

Je me suis présenté au rendez-vous. Juste une voix, un prénom. Mais j'avais déjà tant rêvé de cette ombre évanescente. Et j'avais dessiné son visage dans mes songes. Enfin, elle est apparue. Le ciel s'est entrouvert, laissant filtrer la lumière. Une lumière souveraine, sublime, identique à celle abolissant le tumulte de l'orage. La lumière née de l'onction divine sur nos fronts de pauvres mortels.

Elle avait des yeux aux reflets couleur terre de Sienne brûlée et des cheveux bruns mi-longs. Un chemisier en soie acajou et une jupe noire épousaient sa silhouette élancée. Et une petite médaille de la Vierge brillait à son cou. Elle parait chacun de ses mouvements d'une grâce et d'une délicatesse exquises. Bonjour, Monsieur. Clémence Latour. Suivez-moi, je vous prie. Je l'ai suivie dans son bureau. Je l'aurais suivie au bout du monde.

Elle s'est assise derrière une grande table, m'a désigné un fauteuil. J'étais seul avec elle. Je me concentrais de toutes mes forces pour saisir le sens des mots prononcés, mais je ne saisissais rien, tant j'étais envoûté par la mélodie de sa voix s'incarnant désormais en un être réel. Je ne la quittais pas du regard, de crainte de la voir s'évanouir. Le verbe s'était fait chair.

Je lui ai confié les goûts de ma mère, les parfums qu'elle affectionnait, les arômes qu'elle appréciait. Clémence écrivait sur un cahier quelques indications, déterminant ainsi la famille olfactive, les notes de tête, les notes de cœur, et les notes de fond correspondantes. Elle nommait des végétaux dont j'ignorais l'apparence. Et j'imaginais des paysages enchanteurs, des senteurs merveilleuses, des horizons inaccessibles.

J'ai vécu dans ce sillage pendant une dizaine de jours, en état d'apesanteur, comptant les heures mais me délectant de chacune d'elles, entre le souvenir de ces instants bénis et la délicieuse perspective de revoir bientôt celle à qui la providence avait donné corps.

La fois d'après, je fus tout autant ébloui, et touché plus encore. Je me plaisais à effleurer ce tout début d'intimité. Déjà, je retrouvais et déchiffrais les gestes et les expressions de Clémence. Nous n'étions plus des étrangers. Mais je demeurais discret, très discret.

Elle avait développé trois formules. Toutes étaient différentes mais également subtiles et enivrantes. Je ne savais plus. J'hésitais. J'ai fini par lui demander laquelle ressemblait le plus au parfum qu'elle portait. Elle a souri. Mais moi, je n'en porte pas. Je mets le tout dans un coffret, pour chez vous. Prenez votre temps. Vous devez vous les approprier, vous en approcher, vous en éloigner, y repenser parfois pour distinguer l'empreinte esquissée dans vos sens. Posez quelques gouttes sur des mouchoirs. Sortez-les dans divers endroits. Vivez avec ces parfums quelques jours.

Au dernier rendez-vous, je n'avais pas réussi à me décider. Lequel préférait-elle ? Mais c'est à vous de choisir. Dites-moi quand même. Elle a avancé lentement sa main vers une des languettes de papier, l'a portée à son nez, puis au mien. Alors, celui-ci !

Parlez-moi encore de votre mère. Que dire ? Petite, elle collectionnait les échantillons dans un tiroir de sa coiffeuse. Elle a toujours adoré les parfums. C'était justement le dernier présent de la part de mon père. Elle s'en servait très rarement, pour ne pas avoir à bientôt contempler la jolie bouteille en verre sculpté vide. Mais elle l'ouvrait souvent pour humer l'odeur douce et boisée lui frayant un chemin vers tant de possibles définitivement éteints.

Alors, Clémence a proposé d'affiner la version. Puis elle m'a montré un catalogue avec différents flacons. Et le nom du parfum, y avez-vous pensé ? Non, je n'y avais pas pensé. Elle m'a orienté vers quelques idées. J'ai griffonné deux mots. Tout cela est parfait. Votre commande sera prête d'ici peu.

J'ai offert le cadeau à ma mère. Puis j'ai invité Clémence à dîner. Je vous suis tellement reconnaissant. Ma mère était si heureuse. Vous avez deviné ses goûts les plus secrets. Je voudrais vraiment vous remercier. Il y eut un silence. Non, je regrette, ce n'est pas possible. Je m'attendais à cette réponse. J'avais préparé une parade. Alors un apéritif en terrasse ? Encore un silence. Bon, d'accord pour l'apéritif. Je suis absente pour le week-end mais je serai de retour à Paris lundi.

C'était le tout début de l'automne. Les derniers jours de soleil avant le basculement, avant le temps incertain, avant le vent emportant l'été jusqu'à l'année d'après. Clémence revenait du sud de la France où elle avait hérité une ancienne bastide. Elle avait trié des affaires pendant trois jours, les souvenirs de ses vacances de petite fille. Elle envisageait de la vendre. Les séjours là-bas étaient trop tristes depuis la mort de ses parents. Et sa sœur, habitant désormais à l'étranger, se désintéressait totalement du sort de la bâtisse. Une maison de famille sans famille et sans personne, ça ne sert à rien, sinon à cultiver la solitude. À quoi bon ressasser le passé ? Il fallait bien s'arranger avec le malheur quand il frappait, mais il ne s'agissait pas de lui laisser trop de place. Sinon, il s'étendait et s'installait comme la mauvaise herbe dans les jardins.

Depuis que Clémence travaillait pour la prestigieuse marque de parfum, elle louait un appartement à Paris, pour les commodités de transport. Mais elle venait de Versailles. Moi aussi ! Le monde est petit ! Alors, nous avons déjà été proches sans le savoir. Je n'ai rien trouvé de plus original à exprimer. Rien de plus pertinent. Rien de plus intelligent. Je me suis mordu l'intérieur de la lèvre inférieure pour m'empêcher d'essayer de rattraper cette maladresse par une autre maladresse, ce qui eut été pire encore. Et j'ai bien remarqué l'interrogation dans le regard de Clémence. Étais-je loyal et un peu trop spontané ou un minable séducteur profitant d'une coïncidence pour créer un lien artificiel avec une énième fille ? Pourtant, je n'avais jamais été aussi sincère. Aucune femme avant elle ne m'avait à ce point ému. Chaque minute passée l'un sans l'autre serait une victoire du néant et nous avions la chance de pouvoir l'emporter, il suffisait de dire oui. Il suffisait de mettre de côté les rêves et de choisir la vie.

Mais bien sûr, tu te méfiais, mon amour. Tu étais si attirante. Ils avaient dû être nombreux à te chanter la sérénade, puis à se lasser, à te lasser, et à te décevoir. Mais à chaque fois, même si l'air est connu, les filles ont quand même envie d'y croire un peu. Là, c'est différent. Mais non. Ce n'est jamais différent. C'est toujours le même refrain. Et un jour, elles n'y croient plus du tout. Moi aussi, j'avais souvent affecté des déclarations définitives pour des aventures dérisoires, pour des caprices d'un moment. Et maintenant, les mots s'étaient usés, dans ma bouche, et dans l'esprit de Clémence, et alors qu'enfin ils auraient pu nous sauver, ils n'étaient plus d'aucune utilité, parce qu'ils avaient été adressés par d'autres et à d'autres en des circonstances trop ordinaires. Ils étaient vides de sens. Ils auraient paru trompeurs, hypocrites, alors qu'aucune autre histoire naissante ne les méritait autant que la nôtre, la plus authentique, la plus pure. Quelle ironie du sort !

Alors, je me suis tu. Et j'ai enchaîné sur un autre sujet. Et de sujet en sujet, la conversation est venue sur mon activité. Je me suis présenté comme chef d'entreprise. Dans quel domaine ? Je mets en relation des libraires et des collectionneurs de livres anciens. Et ça marche bien ? Les premiers résultats sont encourageants.

Clémence a jeté un coup d'œil à sa montre et s'est levée. Déjà huit heures ! Je dois y aller. J'ai proposé de la raccompagner. Elle a décliné poliment. Je n'ai pas osé lui demander si elle partait rejoindre un homme. Mais elle ne m'aurait pas dissuadé de tenter de la conquérir, quelle qu'eut été sa réponse. Si j'avais croisé sa route, ce n'était pas par hasard. Elle m'était promise. C'était écrit.

Certes, j'avais menti. Ou plutôt, j'avais anticipé. Je n'étais pas encore chef d'entreprise. La semaine d'après, j'ai déposé les statuts. J'ai mis fin à mes missions d'intérim. Je serais enfin mon propre patron. Je réfléchissais depuis un moment à un concept susceptible de me conduire à la réussite.

J'avais déniché dans une petite librairie d'occasion, au hasard d'un week-end dans le Finistère, un livre dont la dernière édition remontait à 1952, que je cherchais depuis longtemps. J'avais eu de la chance. Et il y avait sans doute un réseau à inventer. De nombreux ouvrages se cachaient ainsi dans des boutiques partout en France mais, les clients éventuels l'ignorant, ils ne trouvaient pas preneurs.

J'ai donc imaginé une plateforme permettant d'effectuer une recherche sur un titre et une édition en particulier, centralisant toutes les données, et indiquant les librairies possédant l'objet convoité, avec descriptif précis et photos. La transaction conclue, l'ouvrage était envoyé par la poste, et je touchais une commission sur la vente.

Il s'agissait de convaincre les libraires de fournir un fichier informatisé de leur catalogue. Ce n'était pas une mince affaire, car cela exigeait une somme de travail considérable, un investissement nuançais-je, à une époque où internet était encore peu répandu chez les particuliers. Je devais donc sillonner le pays afin de présenter le potentiel de l'opération et ainsi constituer puis enrichir mon offre. Plus il y aurait de libraires, et donc de titres disponibles, plus la plateforme serait consultée, devenant peut-être même une référence, et plus mon entreprise serait florissante.

J'ai exposé mes intentions à deux amis rencontrés à l'époque de la fac. Nous nous étions réunis au café en bas de chez moi. J'ai quelque chose de très important à vous annoncer. Succès garanti. L'aventure d'une vie. Nous étions jeunes, enthousiastes, persévérants. Le monde serait bientôt à nos pieds.

Ils se sont d'abord montrés réticents, mais ils ont finalement accepté de placer quelques économies dans le projet. Jacques s'occuperait de l'aspect administratif, établirait des modèles de contrat, de feuilles de compte. Sébastien s'intéressait déjà beaucoup à internet. Il a conçu un site très sérieux, une vitrine alléchante. Et il me seconderait comme commercial. Il restait à confier à un professionnel en informatique l'élaboration du moteur de recherche intégré à la plateforme.

Mais les débuts ne furent pas aussi concluants que prévu. Malgré notre détermination, les contrats étaient rares. Je ne désespérais pas et m'armais de patience. Les libraires finiraient par considérer ces progrès inéluctables et seraient contraints de s'adapter. J'insistais. La digitalisation de votre catalogue vous servira également directement, puisqu'une fois opérationnelle vous pourrez aussi l'utiliser pour votre propre site, si vous décidez d'en créer un.

J'étais en avance sur mon temps. Le commerce en ligne se développerait, j'en étais certain. Beaucoup plus vite que beaucoup ne le pensaient. J'essayais d'expliquer aux libraires réfractaires qu'en étant les premiers, ils gagneraient au centuple cet effort de temps consenti pour informatiser leurs bases de données. Je me chargeais de promouvoir leurs ressources. Je leur offrais la fortune sur un plateau d'argent.

Pourtant, ils faisaient la fine bouche, les bougres. Non, Monsieur, nous connaissons bien le marché. Nous ne comptons pas céder à ce genre de sirènes. Je présentais alors les choses sous un autre éclairage. Très peu de documents sont aujourd'hui numérisés. Mais dans un futur très proche, la plupart des ouvrages seront consultables sur internet. Plus besoin de se déplacer dans une bibliothèque pour accéder aux documents d'archives. Et le reste. Tant de choses seront dématérialisées. Allons, jeune homme, tout cela, c'est de la science-fiction. Rome ne s'est pas faite en un jour. Et le monde ne changera pas si vite.

Clémence avait foi en moi. Nous nous sommes revus. Souvent. Tout le temps. Elle a fait la connaissance de ma mère, et de mon frère lors d'une de ses visites à Versailles. Elle fut rapidement adoptée. Adoubée. Nous nous sommes installés ensemble. Qu'attends-tu pour l'épouser, cette ravissante jeune femme ? C'est la perle rare. Ne manque pas ta chance ! Bientôt, Maman, bientôt.

Deux années ont ainsi passé, simples, douces, caressantes. Nous nous étions construit un abri nous préservant des éraflures de l'adversité, apaisant nos incertitudes. Nous avions confiance en l'avenir. Nous avancions pas à pas, liés l'un à l'autre. Enfin se profilait une perspective. Je ne me laissais plus guider par le vent, au gré des errances sans envie et sans but. La brume s'était dissipée. J'avais trouvé mon chemin de Damas.

Du côté professionnel, même si certains libraires restaient frileux, j'obtenais peu à peu un nombre de contrats respectable, confirmant la fiabilité de mon projet. Les bénéfices s'avéraient encore faibles, mais augmentaient mois après mois. L'ascension était certes lente. J'apprenais à bâtir étape par étape, à construire sur des bases solides. J'apprenais la patience, j'apprenais à grandir.

Une ombre au tableau subsistait néanmoins. Les amis de Clémence me méprisaient un peu. Selon eux, elle était trop bien pour moi. Je n'étais pas à la hauteur. Pour une amourette peut-être, à la rigueur, mais comme compagnon ou, pire, comme mari, l'hypothèse leur paraissait absurde. Je n'appartenais pas à leur univers. Pourtant, j'étais moi aussi issu d'une famille de la vieille noblesse. Une famille déchue, désargentée, mais certainement plus ancienne que les leurs.

Ils ne m'attaquaient pas directement. Leur tactique était plus subtile. Ils me laissaient en dehors du champ. Pour mieux m'éprouver, ils prenaient plaisir à évoquer devant moi les prétendants m'ayant précédé auprès de Clémence, leurs brèves histoires de jeunesse, ou des moments soi-disant inoubliables partagés par l'ensemble du petit groupe. Ils les racontaient, et racontaient encore, comme s'ils avaient cent ans. Untel avait fait l'ENA. Et tu te souviens de ce voyage de rêve qu'il avait organisé pour ton anniversaire ? Ah, vous formiez un si joli couple. L'autre Untel entrait au Ministère. Quel week-end incroyable nous avions tous passé sur le domaine qu'il avait loué pour fêter son diplôme ! Et il est toujours célibataire. À mon avis, il ne s'est pas remis de votre rupture. Il m'a demandé de tes nouvelles. Nous pourrions l'inviter à une prochaine soirée.

Je ne comptais pas. Je n'étais que de passage. J'étais transparent. Clémence me défendait comme elle pouvait. Elle se défendait aussi auprès de moi. Nous nous fréquentons tous depuis l'école primaire pour certains, le collège pour d'autres. Ils ont du mal à accepter quelqu'un dans leur cercle. C'est une manière, bien malséante j'en conviens, de te tester. Mais ne t'inquiète pas ! Je ne suis pas influençable. Et ils s'habitueront.

Et moi, j'avais de l'ambition. Tenir mon rang. Prendre ma revanche. Et ils verraient tous qu'ils s'étaient trompés sur mon compte. Un jour, ils me considéreraient comme l'un des leurs. Mieux, ils m'admireraient !

Il est midi. Je m'éveille de ma sieste. Quelques secondes de confusion. Quel jour sommes-nous ? Ai-je rêvé ce qui s'est passé la nuit dernière ? Puis-je revenir en arrière ? Toujours ce silence. Non, je n'ai pas rêvé.

Je vais à la cuisine. Aujourd'hui, pour la première fois depuis des années, il ne flotte pas l'odeur de pain grillé qu'aimait tant Clémence le matin. Cette odeur persistant dans l'air encore plus longtemps le dimanche, prolongeant le petit-déjeuner, dans une sorte d'insouciance et de légèreté. Pas d'horaire, pas de départ. Aucune pression d'aucune part. Le dimanche était souvent un jour heureux, ou s'en approchant au moins un peu.

J'ouvre les placards, le congélateur. Je fais chauffer un plat surgelé au micro-ondes. Je fixe, hypnotisé, le carton sur le plateau, tournant dans un bruit de soufflerie. Dans la barquette, c'est le grand chambardement. Toutes ces molécules d'eau s'agitent à l'intérieur sans le moindre mouvement perceptible. Il ne suffit donc pas de se voiler la face puisque tout se camoufle dans l'ombre. Il ne suffit pas de s'éloigner du chaos pour le faire cesser de régner. C'est une illusion, une question d'angle de vue. Les trous noirs eux-mêmes sont seulement détectables grâce au comportement discordant de la matière stellaire à proximité.

Ting ! C'est prêt. Je retire la pellicule et plante ma fourchette. Trop chaud à l'extérieur, dommages collatéraux, glacé dedans, l'offensive a échoué. J'en avale trois bouchées. Je jette le reste à la poubelle. J'y ajoute toutes les denrées périssables. Et je vide le réfrigérateur.

Je prépare un café et je m'assieds. C'est si calme. Tout continue de vivre autour de la maison, comme si de rien n'était. Ils ne savent pas. Ils ne savent rien. Tout s'embue dans ma tête. Tout se mélange. Les dernières heures, hier, demain. Comme dans la salle de bains tout à l'heure quand mon image dans le miroir s'est brouillée. Mes traits avaient-ils changé ? Pouvait-on lire sur mon visage l'empreinte de la nuit ? L'empreinte de l'irréparable. Jamais le présent n'a été aussi flou. Je m'égare dans des limbes, étranger au passé, après un sommeil long de vingt ans, ignorant encore à quoi ressemblera l'après. Tout réinventer.

Ne plus rien avoir à expliquer, à justifier. Ne plus avoir à tenir bon. Coûte que coûte. Quitte à s'écorcher les doigts et les mains. Comme un animal ronge sa patte pour se soustraire au piège. L'ultime sacrifice. Le sacrifice d'une partie de soi-même. Quelle est l'ampleur de l'offrande consentie pour assurer sa propre survie ? S'éteindre à petit feu, se laisser asphyxier, ou traverser les flammes, marcher sur les braises, risquer de se consumer en annihilant ce qui a été. Accepter de renoncer à ce qui est déjà perdu, abandonner les vestiges, les ruines fumantes de ce qui n'existe plus, si tant est que cela ait jamais existé.

On se persuade de tant de choses. On accomplira de grands desseins. On sera follement aimé. On saura toujours où s'orienter pour trouver la lumière. Et finalement, qu'advient-il ? On végète entre deux ou trois projets, on se croise au quotidien sans plus tellement se regarder, on avance au milieu des ténèbres. Et la seule lueur aperçue dans ce sinistre théâtre s'évanouit au fur et à mesure.

Être libre, enfin. Il n'y a rien à regretter.

Un autre café. Je voudrais ouvrir les volets, profiter du soleil dans le jardin. Mais le jardin m'est interdit aujourd'hui, même s'il est à l'abri des indiscrets. Car les voisins sont fouineurs. Tant qu'il n'y a pas de mouvement, ils ne se préoccupent guère de notre maison. Ce n'est pas le moment d'éveiller leur curiosité.

Sous prétexte de s'ouvrir à leurs semblables, de leur venir en aide, ils épient, ils envient, vérifient ainsi s'ils sont mieux lotis, plus épanouis. Ils ne cherchent pas la félicité. Aucune audace, aucune vaillance. Ils se contentent, pour se rasséréner, d'observer une situation simplement plus défavorable que la leur. Et la désolation qu'ils devinent parfois chez les autres les soulage au point de la considérer comme une légitime réparation à leur propre désarroi. Cela les comble de satisfaction. Cela les console de leur médiocrité.

C'est une belle journée de juin. Il fait doux. Un temps aussi doux que le jour où Clémence et moi avons uni nos destins. Le mariage à la mairie. Et le mariage à l'église, comme il se doit. Voulez-vous prendre pour épouse Clémence pour l'aimer fidèlement dans le bonheur et dans les épreuves, pour l'honorer, la chérir et la protéger jusqu'à ce que la mort vous sépare ? Oui, je le veux. Pour le meilleur et pour le pire. À la sortie de la messe, j'étais le plus fier des hommes. J'étais le mari de Clémence. J'étais celui qu'elle avait choisi.

J'avais invité ma mère, mon frère, établi à Caen, présent avec sa femme et leur fille âgée de quelques mois. Et mes associés de circonstance, Jacques, célibataire, et Sébastien et sa compagne. Jacques avait l'alcool triste, surtout en fin de soirée, et cette fin de soirée là plus que d'habitude. Toi aussi, Sébastien, tu vas te marier. Et je serai seul et abandonné de tous. J'ai été touché par son désespoir. Il faisait vraiment peine à voir.

Les amis de Clémence me toléraient désormais. Ils m'attendaient sûrement en embuscade, à l'affût du moindre faux pas, mais ils se montraient plutôt cordiaux, presque sympathiques pour certains. De toute façon, j'avais déjà gagné.

Nous étions peu nombreux et nous sommes tous donné rendez-vous pour la pendaison de crémaillère le mois d'après dans le pavillon que nous venions d'acheter à Versailles et dans lequel nous allions emménager au retour de notre voyage de noces. Nous avions envie d'espace et d'un jardin. Tant pis pour Paris !

Une maison. C'était le passage obligé pour devenir une vraie famille. Ou nous en avions en tout cas l'étrange impression. Un joli cliché auquel nous avions succombé. Entrer dans la norme. Ne pas se démarquer. Si cela apportait un certain équilibre aux autres, une fondation solide, des repères, il n'y avait pas de raison qu'il en soit autrement pour moi, pour nous. Les apparences finiraient bien par se confondre avec la réalité. C'était rassurant. Une forme de paix à laquelle j'avais sans doute enfin droit, ne se dérobant plus à chaque fois que je tentais d'y tendre. Tout était peut-être plus simple que je ne l'avais imaginé.

Évidemment, c'était un mirage. Le chemin ne paraissait pourtant pas si tortueux, mais ses lacets et ses détours ont lentement éclipsé l'une après l'autre les quelques étoiles éparses nous servant de guides. Que nous a-t-il manqué si cruellement, si irrémédiablement ? Le ciel était si clair. Tout nous était offert. Tous nos vœux étaient exaucés.

Pierre est né. J'étais devenu chef de famille. Cela m'a donné une force insoupçonnable. Plus rien ne pouvait nous arriver, plus aucune faille ne s'entrouvrirait. La solitude, les démons ne s'immisceraient plus. Le gouffre n'aurait plus soif.

Clémence a enseigné à notre fils le nom des plantes, le parfum des fleurs. Il était très sensible au végétal et s'est passionné tôt pour la botanique. Il conservait les plus beaux spécimens cueillis çà et là, les faisait sécher et les insérait dans des cahiers. Il composait ses herbiers avec beaucoup de soin et d'application, en ajoutant de son écriture enfantine de brefs descriptifs et des commentaires plus personnels. Puis il les feuilletait comme des albums photos, tels des éphémérides illustrées au sein desquelles figuraient les grands moments de sa courte existence.

Il menait des expériences dans le jardin, sur des parcelles miniatures exclusivement dédiées à cet usage, les délimitant en utilisant ses crayons de couleur plantés verticalement. Tous les talents d'un paysagiste en herbe. Il examinait quotidiennement l'évolution de ses essais horticoles. Il plongeait ses doigts dans la terre pour se régénérer. Il s'inquiétait de la pluie quand il avait arrosé le matin même. Il se navrait d'une nuit de gel survenant au printemps. Il grandissait plus que tout autre au rythme des saisons.

Il avait trois ans et demi quand Pauline est née. Il la contemplait comme un trésor chatoyant sur lequel il comptait veiller précieusement. Tu es content d'avoir une petite sœur ? Ah, oui, très content. Et elle est ravissante. J'ai beaucoup de chance. Tu n'as pas de petite sœur toi, Papa ? J'ai balbutié, repris mon souffle. Mais tu sais bien, mon chéri, moi, j'ai un frère. Mais, Papa, ça n'empêche pas ! Non, ça n'empêchait pas. Mais encore faut-il être capable de protéger ceux que l'on aime. Encore faut-il savoir lire la peur ou la peine étouffées en eux, et déchiffrer leurs appels de détresse quand l'ennemi guette. Je n'avais pas su.

Mais peut-être toi, Pierre, sauras-tu ? Peut-être auras-tu réussi là où j'ai échoué et qu'à l'âge d'être père tu pourras encore répondre à tes enfants que tu as une petite sœur. À cet instant, j'ai prié pour qu'il garde Pauline auprès de lui le plus longtemps possible.

Pauline, ma petite princesse. Son premier sourire m'a été adressé. Ses premiers pas l'ont conduite vers moi. Elle écarquillait des yeux curieux et émerveillés sur le monde. Elle était sensible au chant des oiseaux, à la chaleur du feu de cheminée. Plus tard, elle courait se réfugier dans mes bras quand elle était inquiète. J'étais son sauveur.

À sept ans, elle a appris le solfège. À huit, elle a commencé le violon. À neuf, après avoir pourtant démontré jusque-là une insolente facilité dans l'étude de l'instrument, les efforts à fournir pour progresser vers le niveau supérieur avaient eu raison de sa motivation. Puis, à dix ans, ce fut une révélation. Elle est tombée amoureuse de Paganini. Elle a tapissé sa chambre de portraits du musicien maudit, de fac-similés de ses partitions. Certaines petites filles rêvent d'épouser leur papa, la mienne rêvait d'épouser Paganini.

Quand elle était triste, les traits de son visage restaient impassibles, mais nous entendions l'archet glisser sur des mélodies mélancoliques. Et quand elle était en colère, elle heurtait et pinçait les cordes à un rythme saccadé. Les airs joyeux ne l'attiraient guère. Mais toujours elle excellait. Elle travaillait avec une constance étonnante. Elle débutait dans la vie. Et déjà, elle semblait avoir mesuré la vacuité de la comédie humaine et suivre assidûment un plan élaboré pour s'en détacher.

Il fait décidément un temps radieux. Mais ce n'est plus celui des débuts de vacances de ma jeunesse, des virées entre amis jusqu'à la mer, des fêtes improvisées jusqu'au petit matin. Le temps radieux d'aujourd'hui semble décompter les étés qui restent. Il est une injonction adressée aux mortels de ne plus se perdre, de ne plus attendre quelque salut incertain.

Je suis encore prisonnier. J'ai beaucoup à faire à l'intérieur jusqu'à demain. Je me sers un verre de scotch. Je rassemble les dessins des enfants, effectués avec tant de tendresse lors de mes absences au fil des routes, les cartes postales des amis, rangées çà et là dans les tiroirs, et les lettres manuscrites, pour la plupart des lettres d'amour, émaillées de l'évocation de nos nuits de fièvre et d'ivresse et de promesses de félicité éternelle, que Clémence et moi nous écrivions il y a longtemps. Je les brûle dans l'évier.

J'allume une cigarette avec la flamme qui s'élève. Et je regarde le tout se consumer, un papier l'un après l'autre. Lentement. Comme si les mots s'évaporant progressivement avaient un dernier message à délivrer avant de s'éteindre. Mais ils n'ont rien à dire. Ils tentent leur dernière chance. C'est de bonne guerre. Ils voudraient bien influer plus longtemps sur les mémoires, nous alourdir de souvenirs, entraver nos aspirations profondes. Mais ils ont perdu. Ils sont bientôt réduits en cendres.

Je décroche ensuite les tableaux des murs. Et je récupère les cadres éparpillés sur les meubles, dans notre chambre, dans toutes les pièces. J'ouvre les albums. Je retire chaque photo, celles de notre mariage, celles des enfants, à tous les âges, à la maternité, premier jour à la crèche de Pierre, premier jour à l'école de Pauline, les anniversaires, les fêtes de Noël, les week-ends en Normandie, les voyages dans le Sud, à l'étranger. Sous mes yeux défilent des instantanés d'une réalité ne m'appartenant pas. Je jette tout, d'un geste indifférent. Toutes les images de ces rituels tissant des liens, constituant une vie. Une vie qui n'est pas la mienne. La vie d'un autre.

Car il ne reste de tout cela que quelques clichés, quelques scènes très vagues, à peine tangibles, presque aussi abstraites que des rêveries lunaires et sans substance. Je revois ces moments mais ils ne me touchent pas. Ils n'ont rien construit en moi propre à rompre mon isolement. Malgré les années, Clémence et les enfants demeurent des étrangers, des êtres à apprivoiser, à impressionner, dont j'exige la reconnaissance et l'affection inconditionnelle en échange de ma liberté sacrifiée. Les habitudes n'ont rien forgé, juste un entrelacs de relations de surface, de fuyante complicité et de cohabitation, que parfois j'apprécie, qui souvent me pèse.

En eux, je ne trouve aucun refuge. Je l'avais pourtant espéré au début. J'ai consacré une attention soutenue à essayer de goûter à ce repos de l'âme. Mais je me sens aussi seul avec eux que sans eux. Je les observe de haut, de loin. Mon monde ne leur est pas accessible. Jamais, pour personne. Et ce monde rapetisse, devient de plus en plus étriqué. J'y étouffe. Faire de la place. Sinon, je vais m'effondrer sur moi-même comme le cœur d'une étoile désormais instable s'effondre sous sa propre gravité à l'orée de la mort.

Après la naissance de Pierre et de Pauline, Clémence et moi avons sympathisé avec les voisins, la bourgeoisie versaillaise, pour la plupart de jeunes couples avec des enfants en bas âge, puis au fur et à mesure, avec quelques parents d'élèves de leur école. Je me fondais dans cette petite société avec beaucoup de bonne volonté et une certaine aisance. Nous nous invitions les uns les autres, des soirées à l'intérieur l'hiver, des barbecues dans les jardins l'été. Au retour des vacances, les récits et les photos de la villa avec terrasse et piscine louée au soleil ou du séjour culturel à l'étranger.

J'avais atteint un équilibre. Je crois même que j'étais heureux. Mais peut-être me mentais-je à moi-même. J'achevais de me convaincre de ma réussite pleine et entière en envisageant mon ascension sociale progressant davantage encore avec l'âge et l'expérience. La routine s'était installée. Ronronnante, agréable, tranquillisante. J'avais abandonné mes rêves d'aventure. Mais il m'arrivait parfois de douter. Ne valais-je finalement pas mieux que cette vie bien rangée et sans éclat ? Peut-être avais-je un plus grand destin à accomplir.

Maintenir le cap. Les premières années, on navigue à vue. On pourrait presque vivre d'amour et d'eau fraîche. Mais après ! Les éléments se déchaînent et les éclaircies sont rares. Chaque jour, se lever, puiser du courage. Inlassablement, faire preuve d'endurance. Aller par les routes et les chemins pour des résultats de plus en plus incertains. Rentrer chez soi et n'y trouver aucun réconfort. Tout m'apparaissait hostile.

Clémence gagnait un salaire confortable. Mais mon entreprise ne rapportait pas assez pour nous assurer un train de vie régulier honorable. Entre la scolarité des enfants dans le privé, les leçons de violon, les sorties au restaurant, les congés, la nouvelle voiture tous les deux ans, l'entretien de la maison, il y avait des hauts et des bas. Surtout des bas.

Jacques ne roulait pas sur l'or, mais il avait peu de dépenses. Pas de loyer, pas d'enfants à charge. À chaque passage à vide, quand ma condition financière s'avérait épineuse, il m'aidait à renflouer les caisses. C'est un vieux garçon. Depuis son entrée dans la vie active, il habite un appartement prêté par sa mère, deux étages au-dessus de chez elle. Il n'a jamais vécu avec une femme. Alors, il boit. Pour combler le vide. Pour oublier les jours insipides. En me prêtant de l'argent, il se sent utile. Quand la situation s'améliore parfois, il savoure l'embellie comme une petite victoire personnelle.

Il est très disponible, espérant de mes nouvelles presque comme une amoureuse. Un café, un dîner, même au dernier moment, même si celui d'avant a été annulé sans aucune raison, ni bonne, ni mauvaise, il est toujours partant. Il a toujours le temps. Il traîne son air débonnaire, satisfait de s'afficher avec moi, satisfait d'être mon ami.

Cela remonte à la première rentrée à la fac à Paris. J'imposais le rythme. Il suivait. Nous avons fait la connaissance de Sébastien l'année suivante. Avant Clémence, nous sortions en trio, nous partions en vacances ensemble. Sébastien était débrouillard. Il trouvait des idées, de bons plans, l'accès à des soirées sur invitation, des réductions sur le prix des billets d'avion et les locations de voitures. La mine décontractée, il franchissait tous les obstacles, sûr d'atteindre son but.

Notre licence en poche, nous sommes partis dans le Var. Nous avons vécu de petits boulots, fréquenté de jolies filles, profité du soleil et des longs étés. Jacques était rassurant, Sébastien avait du bagout, et moi j'avais ce qu'on appelle un physique avantageux. Le bon gars, le beau parleur et le play-boy.

Trois ans plus tard, nous avons décidé de passer aux choses sérieuses. Retour à Paris. Jacques a obtenu un poste de conseiller commercial en assurances et Sébastien de technicien logistique dans une société de transport. J'ai décroché un contrat dans une boîte d'intérim, puis un autre, et encore un autre. Ainsi, je ne m'enferrais nulle part. J'étais déterminé à créer ma propre entreprise. J'attendais le bon moment. J'ai rencontré Clémence. C'était le bon moment. Le bon moment pour me structurer. Pour entrer dans le rang.

L'inventaire du bureau. J'exhume du fond des tiroirs des objets totalement oubliés. Des souvenirs professionnels, des blocs-notes et des stylos d'hôtels où je suis descendu lors de mes déplacements, me rappelant des moments auxquels je n'aurais jamais repensé si je n'avais retrouvé ces pauvres vestiges. Tous ces kilomètres avalés, ces chemins sillonnés, ces dîners et ces nuits solitaires.

Même ailleurs, je n'étais pas complètement libre. Un fil d'Ariane me liait à mon foyer. Un fil d'Ariane ou une corde attachée à un piquet. Un guide, un repère. Ou une laisse. C'est une question de point de vue. Quand je partais sur les routes pour démarcher les libraires, je concentrais mes rendez-vous afin de ne pas m'absenter plus de trois jours de suite. Ma mère aidait Clémence en allant de temps en temps chercher les enfants à l'école, en les gardant jusqu'au soir. Elles s'entendaient très bien toutes les deux. C'était réconfortant.

L'équilibre subsistait alors. Mais peu à peu, la durée des séjours loin de la maison s'est allongée. Parfois quatre ou cinq jours d'affilée. Cependant, les premières années, je rentrais invariablement le week-end. C'était une petite fête à chaque fois. Clémence me servait un scotch, et venait s'asseoir tout contre moi sur le canapé. Pierre et Pauline étaient heureux de me revoir. Petits, ils couraient vers moi et me suivaient pendant des heures, se tenant sans cesse près de moi, comme pour combler le manque de la semaine. Plus tard, ils me racontaient par le menu l'école, leurs activités. Ils m'offraient des dessins.

Ils comptaient les jours jusqu'à mon retour, ces jours vides ayant pour seule finalité de les rapprocher du moment où nous serions tous réunis. Ils considéraient ma présence comme une récompense. J'échappais aux devoirs, aux bains, aux visites chez le pédiatre. Et je profitais du meilleur. Mais on ne peut pas passer sa vie à attendre les dimanches. Les enfants deviendraient bientôt plus autonomes. Les vendredis ne célébreraient alors plus nos retrouvailles. Ils ne marqueraient plus que le passage d'un quotidien de contraintes à celui des grasses matinées et des loisirs, où j'apparaîtrais comme un élément du décor appartenant à une certaine insouciance, mais plus tellement à la réalité.

J'aimais bien conduire longtemps, traîner le soir dans des lieux inconnus ou traversés à l'occasion les fois précédentes. J'écoutais la radio, les actualités, les chroniques, les entretiens. Jamais de musique. Je m'arrêtais parfois au hasard. Je sortais de l'autoroute pour prendre un café sur la place d'un village. L'après-midi, en dehors de la période estivale, tout était mort. Cela me rappelait mon enfance à la campagne. Cette ambiance paresseuse et languissante où tout se joue dans le silence. Cela ne me plaisait guère. Mais je me l'imposais pour ressentir la satisfaction de pouvoir y échapper. Après quelques minutes de détente, quand tout me revenait, quand un haut-le-cœur, à peine perceptible mais bien reconnaissable, me gagnait, je jetais quelques pièces sur la table. Et je laissais derrière moi ce malaise indéfinissable causé par cet étrange dépérissement de l'atmosphère.

Les journées, souvent, se ressemblaient. Une autre sorte de monotonie s'installait dans un cadre mouvant. Mais je n'avais de compte à rendre à personne. Ni à un supérieur, ni à ma famille. Quelques rendez-vous vite expédiés. Pas d'horaire le soir. Me laisser aller à mes humeurs vagabondes sans avoir à les formuler, sans avoir à expliquer. Être moi pleinement, sans effort, sans fard.

C'était déjà peut-être une manière de fuir. Jusqu'à quel point ce rythme professionnel a-t-il creusé dans mon esprit une existence irréconciliablement coupée en deux ? Les choses auraient-elles évolué différemment si j'avais eu un travail me permettant de rentrer sagement à la maison quotidiennement ? Aurais-je eu plus de mal à supporter ma condition et aurais-je alors suffoqué avant, bien avant ? Ou au contraire aurais-je accepté plus facilement mon sort, bien à l'abri dans la douceur constante de mon foyer, tenant ainsi à distance les démons se réveillant dès que je m'éloignais de Clémence et des enfants ?

Qui étais-je vraiment ? Le mari aimant, bon père de famille, ou l'homme observant ce théâtre avec dédain ? Les deux à la fois ? Aucun des deux tout à fait ? Lequel l'emporterait ? Celui favorisant le bien, celui succombant à la tentation du mal ? Tel était le dilemme. Je penchais vers l'un, je penchais vers l'autre. Vers l'autre de plus en plus dangereusement. Rester dans la plaine, régner sur un territoire minuscule, dans une petite maison protégée. Ou gravir une haute montagne, voir tous les royaumes du monde avec leur gloire. Combien de temps encore y renoncerais-je pour la troublante illusion d'être contenté par ce simulacre de bonheur ?

Ces éloignements successifs, somme toute, étaient nécessaires. Ils rendaient mes jours parfois plus légers, parfois plus amers. Au regard de tous, je me sacrifiais pour assurer un train de vie confortable à ma famille. Nous avions beaucoup rêvé. Sur le papier, tout fonctionnait. Jacques et Sébastien devaient me rejoindre dans l'aventure. Le premier aurait été parfait pour le cadre administratif et la paperasse. Il m'avait déjà donné un sérieux coup de main au commencement. Le second aurait fait office de commercial. Il est si doué pour le contact. Il se serait occupé de remotiver les libraires avec lesquels j'étais déjà en affaires pour la mise à jour de leur catalogue. Je me serais chargé des nouveaux contrats. Mais rien ne s'était concrétisé comme nous l'avions espéré. Je peinais déjà à dégager un salaire. Et mes deux amis n'avaient jamais quitté leur emploi. J'étais resté seul à faire tourner la boîte. Et j'avais fini par leur rembourser les sommes investies.

J'aurais bien embauché quelqu'un, au moins à mi-temps, afin de partager les déplacements. C'eut été une aide précieuse, le seul moyen de réduire la fréquence de mes absences. Mais après mûre réflexion et diverses projections financières, je n'ai pu retenir cette option. Ces coûts supplémentaires, non négligeables à cause des charges et des notes de frais, auraient lourdement grevé le budget de mon entreprise.

L'espoir de voir ma société se développer s'amenuisait. Je stagnais, j'errais. Je partais sans élan, je revenais sans envie. J'avais l'impression de passer à côté de tout. Rien d'exaltant ne se profilait. Plus aucune perspective. Aucune éclaircie à l'horizon.

Pour couronner le tout, les retrouvailles n'ont plus été aussi festives. Les enfants ne se détournaient plus de leurs occupations pour m'accueillir. Ils ne déclinaient plus une invitation à un goûter d'anniversaire pour être auprès de moi. Ce que je craignais était en train de se réaliser. Pierre et Pauline s'arrangeaient sans moi. Je devenais un fantôme dans leur environnement, un invité dans ma propre maison. Clémence, elle, ne se lassait pas de mes retours. Elle m'attendait toujours avec les mêmes attentions. Elle continuait à se consacrer à moi. Mais elle s'était habituée à ce rythme, aux semaines sans moi. Et je me demandais si les jours qu'elle considérait entre parenthèses n'étaient finalement pas ceux vécus lorsque j'étais là.

Pour ma part, je me détachais peu à peu de cet univers qui était le mien. Étranger ici et là-bas.

Un autre tiroir. Je tombe sur mes cartes de visite, les toutes premières imprimées, les anciennes, les nouvelles. Le nom de ma société, le logo, imaginé par Sébastien, de plus en plus stylisé au fil des modèles pour correspondre à l'époque. Tout le faste d'une carrière sans relief. Quand je les distribuais, je me sentais important. J'avais un statut. J'avais une situation. Mais j'ai gâché mes talents, j'ai broyé mes chances. Aujourd'hui, des documents sans valeur, des souvenirs de rien.

Un jour, nous revenions d'une promenade au parc. C'était un dimanche d'hiver un peu morne. Il faisait gris. Nous étions sortis parce qu'il faut bien s'occuper, et surtout occuper les enfants. Organiser des activités en famille. C'est la formule consacrée, je crois. Malgré l'humidité de l'air, la pluie qui menace. Tromper l'ennui.

Puis rentrer, préparer du chocolat chaud, essayer de tenir jusqu'au soir. Un dessin animé pour les enfants. Quelques chapitres de lecture pour Clémence. Je feuillette une revue. Je regarde les aiguilles de la pendule du salon tourner lentement, si lentement, presque immobiles. Les heures s'étirent et la nuit tombe.

Mais ce jour-là, sur le chemin, nous avons croisé un de mes anciens camarades de lycée. Il portait un jean, une veste couleur camel et un chèche en guise d'écharpe. Malgré ses cheveux en bataille et sa barbe naissante, il avait peu changé. Je l'ai reconnu tout de suite. Ça, alors ! Quelle surprise ! Nous ne nous sommes pas vus depuis combien ? Presque vingt ans ? Que deviens-tu ? Je voyage. Ah ! Toi aussi, tu es dans les affaires ? Ah, non, pas du tout. Je suis photographe. J'arrive de Chypre. Et toi ? Je voyage aussi, mais en France uniquement. J'ai monté ma boîte. Et je te présente Clémence, mon épouse. Il s'est incliné. Madame !

Je l'ai invité à la maison. Viens prendre un verre, à l'occasion ! Il a hoché la tête. J'aurais bien voulu mais ça va être difficile. Je suis seulement passé rendre rapidement visite à mes parents. Je repars en Terre de Feu. Pauline a paru effrayée. En Terre de Feu ? Vous allez en enfer, Monsieur ? Il a ri. Ah, non ! C'est un archipel à la pointe sud de l'Amérique, partagé entre l'Argentine et le Chili. Il s'appelle ainsi car Magellan avait été frappé par les brasiers allumés par les Indiens Yagans sur les côtes. Et il y fait plutôt froid. C'est un paysage de glaciers, avec une nature merveilleuse. Pierre a soudain manifesté son intérêt. J'aime beaucoup les plantes. S'il vous plaît, vous m'en rapporterez de là-bas ? Oui, pourquoi pas ? Tu as une préférence ? Non, choisissez les plus jolies.

J'ai tendu ma carte de visite. C'est ma carte professionnelle mais mon numéro de portable y figure. Téléphone-moi à ton retour ! Il n'a pas eu l'air très impressionné. D'accord. Désolé, moi, je n'ai pas de carte. Je me suis senti un peu minable. J'ai eu tout à coup honte d'avoir brandi avec un soupçon d'orgueil ce bout de papier cartonné. Avec ma femme, mes deux enfants, et le petit bristol, cet inconnu émergeant de ma jeunesse savait tout de ma vie. Il n'y avait rien d'autre à découvrir. Rien d'original, rien d'exaltant. Un concentré de banalité.

Nous nous sommes salués. Au revoir, à bientôt ! Jusqu'au soir, toute la famille n'a cessé de louer l'existence hors du commun de ce vieux copain. Clémence se demandait pour quelle agence il travaillait et où l'on pouvait voir ses photos. Je n'en ai pas la moindre idée. Il doit courir le cachet et son œuvre est certainement très confidentielle. Et puis, maintenant, le talent est en option. Avec les progrès techniques, il suffit de posséder du bon matériel et d'appuyer sur le bouton. Elle m'a regardé avec un air dubitatif. C'est étrange cette manie de toujours rabaisser ceux qui réussissent. Elle me paraissait bien optimiste.

Je ne rabaisse personne. Je suis juste lucide. Qui te dit qu'il a réussi ? Peut-être part-il sans aucun ordre de mission, avançant lui-même l'argent pour voler en classe économique et séjourner dans des meublés bas de gamme, espérant au retour trouver une âme charitable pour lui acheter quelques clichés et se rembourser ainsi les frais ? Elle a haussé les épaules, semblant renoncer à opposer d'autres arguments. Oui, peut-être. Mais au moins, il fait ce qu'il aime. Pourquoi lui trouvait-elle encore des circonstances atténuantes ? Je n'étais pas aussi indulgent. C'est facile quand on n'a pas une famille à nourrir ! Elle a soupiré. Si tu ne l'apprécies pas, pourquoi l'as-tu invité, alors ? Clémence ! Mais par pure politesse, bien sûr.

Les questions de Pierre. Et toi, Papa, tu es déjà allé à Chypre ? Non, jamais. Mais quand tu n'es pas là, où es-tu alors ? Tu sais bien, je reste en France. Maman t'indique à chaque fois sur la carte où je vais. Il a eu l'air déçu. Et Pauline de surenchérir. Et en Terre de Feu ? Tu es déjà allé en Terre de Feu ? Non plus, non. Pourquoi n'es-tu jamais allé en Terre de Feu ? Comment ça, pourquoi ? Je n'en ai pas eu l'occasion, c'est tout. Cet interrogatoire ne m'amusait pas. J'ai réfléchi une seconde et j'ai trouvé la parade pour y mettre fin. Si je partais trop loin, je ne pourrais pas revenir le week-end pour être avec vous. Vous ne voudriez quand même pas que je vous abandonne ?

Après le dîner, Pierre s'est plongé dans son encyclopédie de botanique pour se renseigner sur la flore de ces contrées lointaines. Il avait déjà réservé une page dans son herbier pour ajouter la plante que lui offrirait le voyageur. Clémence a lu une histoire à Pauline puis m'a rejoint dans la chambre. Je repensais à cette rencontre impromptue au cours de laquelle je n'avais pas vraiment brillé.

J'enviais presque cet ancien camarade. Ou plutôt, j'enviais son indépendance. Mais je refusais de l'admettre. C'est bien beau d'être un électron libre. Il est encore jeune. C'est séduisant, très séduisant. Et il doit en jouer. Mais il finira tout seul. Et l'âge avançant, il n'inspirera plus que de la pitié. Clémence a commencé à se déshabiller. Elle se montrait moins sévère que moi. Si cela lui convient… Et personne n'est à l'abri. Même pas nous. Même pas toi. Je ne saisissais pas bien ses sous-entendus. Tout en retirant ses bas, elle a poursuivi. Les enfants quitteront la maison. Nous ne serons plus que tous les deux. Et si l'un d'entre nous disparaît, l'autre sera aussi seul que ton ami photographe.

En attendant, il en profitait. Et j'avais entrevu une autre voie. Jusque-là, la comparaison s'avérait plutôt à mon avantage. Jacques et Sébastien végétaient gentiment. Notre entourage, dont les amis de Clémence, évoluait dans une même société, sur le même chemin balisé. S'agissait-il d'un avertissement ? Avais-je fait les mauvais choix ? M'étais-je définitivement égaré ? Inutile de préciser que je n'ai plus jamais eu de nouvelles de cette ombre issue du passé.

Me sentais-je si prisonnier à cause des enfants ? Pourtant, je les avais profondément désirés. Pourtant, je les aimais de toute mon âme. Jacques et Sébastien semblaient maîtres de leur existence. Pourquoi eux et pas moi ? Peut-être parce que j'étais le seul de nous trois à être père de famille.

Je n'ai connu à Jacques que quelques aventures de quelques mois, parfois quelques années de relation très distendue, des liaisons brumeuses et sans passion qu'il laissait se déliter peu à peu, après la flamme brève des débuts. Les femmes finissaient invariablement par se lasser de son indifférence, de son refus de s'engager, fatiguées de porter ce petit garçon gâté, effrayé par l'époque et le monde.

Sébastien et moi avions tenté de lui présenter quelques-unes de nos connaissances. Cela n'avait rien donné. Désormais, Jacques entretenait parfois des correspondances avec des femmes rencontrées sur les réseaux sociaux, se concrétisant rarement par un rendez-vous. Et si rendez-vous il y avait, la suite s'avérait épineuse. Il était terrorisé à l'idée que cela puisse sortir de ce cadre. Alors, quand un détail déplaisant l'amenait à délaisser une femme fraîchement séduite, il était à la fois déçu et surtout soulagé, inapte à tolérer dans son quotidien le moindre frémissement, le plus faible bouleversement. Il emplissait ses soirées cafardeuses à échanger des messages, comme un adolescent enfermé dans sa chambre s'enivre d'amours inaccessibles, mais il était incapable de transformer cette rêverie en réalité. Ses désirs et ses fièvres se résumaient à des conversations artificielles par écrans interposés.

Sébastien, lui, suivait un parcours sentimental plus sain. Mais il ne pouvait pas avoir d'enfant. C'était le grand drame de sa vie. Et j'avais infiniment de peine pour lui. Je comprenais le manque insondable. Il avait une relation très tendre avec Pierre et Pauline. Il aimait passer du temps avec eux. Il les gâtait, parfois un peu trop. Je laissais faire. Mais il ne venait à la maison qu'en ma présence. Je ne voulais pas que Sébastien devienne un père de substitution lors de mes séjours loin de chez moi. J'avais un peu peur qu'il prenne ma place. Ce n'était pas dans son intention, pas du tout. Mais les enfants sont influençables. Et les absents ont toujours tort.

Sa compagne, avec laquelle il était venu à notre mariage, était devenue sa femme et s'était faite à l'idée. Puis elle n'avait plus été aussi sûre de se résoudre à renoncer à la maternité. Enfin, elle en fut certaine, ne pas être mère était inconcevable. Sébastien ne la blâmait pas. De tensions en reproches autour de cet être qui ne verrait jamais le jour, de l'impossible fondation d'une famille, tout s'était érodé entre eux. Après sept ans de bonheur contrarié, ils avaient divorcé.

Sébastien s'était remarié deux ans après. Lors du cocktail, Jacques lui avait servi le même discours qu'à mes noces avec Clémence. Et voilà, tu refais ta vie. Et je suis encore le célibataire de la bande. Je vais être seul et abandonné de tous. *Bis repetita* !

Autant, Clémence appréciait Sébastien, et les enfants pouvaient compter sur lui. À l'approche de l'adolescence, ils lui confiaient sans doute des secrets dont ils n'auraient pas osé nous parler et bénéficiaient ainsi des conseils d'un adulte responsable. En revanche, elle considérait la présence de Jacques à la maison un peu pesante. Elle l'acceptait, puisque j'acceptais aussi les dîners avec ses amis à elle, mais il était un peu envahissant. Il monopolisait au moins une de nos soirées par semaine, et davantage lorsque je restais plus longtemps qu'à l'habitude entre deux déplacements. Il regardait Pierre et Pauline comme des extraterrestres et n'avait jamais créé de lien avec eux. Il avait essayé au début, mais il se forçait. Après quelques vaines tentatives, il les avait gentiment ignorés.

Dans le plus grand des tiroirs du bureau, le dernier à vider, je retrouve de vieilles cartes routières, des cartes de France, souvent déchirées en divers endroits, dont les morceaux ne tiennent ensemble que grâce à quelques points de pliure usés. Pourquoi les avoir gardées ? Je ne m'en suis plus servi depuis des années. Le GPS et ses satellites ont remplacé ces papiers au charme désuet. Il y a aussi une carte de la Toscane, en bel état, souvenir de vacances, avec des annotations dont l'encre est presque effacée. Je reconnais l'écriture de Clémence, fine et dessinée. C'est joli, c'est harmonieux. Les traits tracés d'une destination à l'autre sont également délicats. Comment ai-je pu être insensible à ces détails ? Pourquoi rien ne m'émeut jamais, ou si brièvement que tout s'évapore aussitôt ?

Il paraît que l'écriture révèle la personnalité de chacun. La mienne est hachée, saccadée, appuyée. Il n'est pas besoin d'être graphologue pour y déceler une rage, une frustration qui couvent. J'aurais peut-être dû y voir il y a longtemps déjà le signe annonciateur de mon fielleux détachement futur de tout ce qui est beau et vivant. Même mes rares mots d'amour ressemblent à des lacérations. Un stylo entre mes doigts ne caresse pas les feuilles, il les meurtrit. J'ai bien essayé de m'appliquer, d'avoir la main plus légère, mais je ne parviens à rien. Et pour le reste, pas mieux. D'ailleurs, c'est toujours Clémence qui rédigeait les cartes postales à la famille et aux amis. Je me contentais de signer. Heureusement, après, avec les courriers électroniques, plus personne n'était en mesure d'interpréter mes pleins et mes déliés. J'étais protégé des lecteurs trop perspicaces.

Nous avions peu voyagé depuis notre mariage, les enfants, la routine, et cætera. Et cela manquait à Clémence. À l'approche d'un été, elle a proposé de partir en Italie. Elle y séjournait souvent avant notre rencontre, et nous y étions allés une fois ensemble. Les promenades, les musées, ce n'était pas selon moi le tableau idéal pour des congés reposants. Et la foule des grandes villes ! Elle a suggéré de visiter la Toscane, ses villages, sa campagne, en évitant Florence et la cohue. Non, décidément, je préférais me délasser dans une location quelque part en France, au soleil, avec une plage à proximité. Elle n'était pas d'accord. Tu viens de me dire que tu voulais être au calme. Il y a un monde fou sur les plages en juillet. Et rester au même endroit pendant trois semaines ? Encore ? Ah, voilà ! Le message était clair. Les vacances planifiées les années précédentes ne lui convenaient pas. Et ce n'est pas très dépaysant. Madame avait donc besoin d'être dépaysée. Mais pensait-elle à nous ?

J'ai tenté de l'amadouer. C'est quand même ce qu'il y a de mieux pour les enfants. Elle n'a pas eu l'air déstabilisé. Quand ils étaient petits, oui. Mais ils grandissent. Il est temps qu'ils découvrent d'autres horizons. Clémence, quand je t'entends sortir de tels clichés, j'ai l'impression de consulter une brochure touristique ! Et les hôtels, les restaurants, les billets d'entrée pour les sites divers et variés, tous les frais pour quatre personnes, cela va dépasser notre budget. Ce n'est pas très raisonnable.

Clémence insistait. Pas très raisonnable, mais possible. Je ne veux pas me réveiller un jour en me disant que les plus beaux moments sont derrière nous et que nous n'avons plus le temps. Plus tard, peut-être après… Tout cela est perdu à jamais. J'ai calmé le jeu. Nous avons encore quelques semaines pour y penser, non ? Oui, bien sûr. C'était juste une idée comme ça.

Des heures à réfléchir au volant de ma voiture. J'étais en déplacement pour trois jours. Quelques rendez-vous, beaucoup d'ennui. Je ne comprenais pas. Nos vacances s'étaient toujours déroulées de la même manière. Pourquoi Clémence, soudain, les envisageait-elle autrement ? Que cherchait-elle ? Oui, Pierre et Pauline grandissaient. Cependant, nous n'étions pas obligés de tout chambouler pour autant. Quel était l'intérêt de bouleverser ce qui s'était installé dans la durée ? Mais il était un peu absurde, m'avait objecté Clémence, de nous imposer des contraintes factices. J'ai réfléchi, réfléchi encore. Et finalement, pourquoi pas ? Il nous serait peut-être bénéfique de changer d'atmosphère.

De plus, si nous étions déçus, si les enfants en gardaient un sentiment mitigé, la faute incomberait à Clémence. Cela me laissait une marge confortable pour négocier pour après. Je n'aurais plus à batailler pour imposer mes choix. Je ne comprenais pas bien ce goût de Clémence pour les voyages. Elle y puisait une énergie et une respiration restant pour moi très énigmatiques. Elle n'avait pas besoin de partir à l'autre bout du monde, mais juste de s'inventer de nouveaux ravissements dans un autre pays, même proche. Elle se sentait soudain libre, se jouait des imprévus, profitait de chaque minute avec intensité. Elle s'adaptait à tout avec une aisance étonnante. Moi, l'inconnu me mettait mal à l'aise. Je préférais garder un certain contrôle sur les événements.

À mon retour le week-end suivant, j'ai tendu un paquet à Clémence. Cadeau ! Elle m'a souri. Elle l'a ouvert. Et elle a lentement délivré le livre du papier. Guide de la Toscane, accompagné d'une carte routière. Son visage s'est illuminé et son regard m'a chaviré. Dieu qu'elle semblait heureuse ! Alors, c'est d'accord pour l'été prochain ? Oui, c'est d'accord. Tu vas pouvoir tout préparer. Elle m'a embrassé et m'a serré contre elle. Merci, mon amour, merci !

Elle a tout organisé de main de maître. Elle a trouvé une maison nous permettant de rester au même endroit stratégique, afin de ne pas refaire les bagages chaque jour et de visiter les alentours à un rythme tout à fait tranquille. Elle avait passé plusieurs soirées à feuilleter le guide, à prendre des notes, à calculer les itinéraires les yeux rivés sur la carte étalée sur la table du salon, à prononcer les noms des villes en italien, à rêver.

Elle admirait les photos, elle consultait les détails historiques et artistiques. Elle avait commencé le voyage avant nous. Elle nous imaginait déjà en train de flâner dans les ruelles anciennes, de nous perdre dans des paysages d'une beauté absolue. Elle avait repéré de petites places ombragées, des chapelles cachant des trésors, des panoramas majestueux du haut des tours médiévales.

Nous avons atterri à Florence et loué une voiture pour gagner notre lieu de villégiature, aux abords de San Gimignano. Pierre et Pauline ont adoré Pise, évidemment, pour sa tour penchée. Ils savouraient des glaces délicieuses au goûter et des pâtes succulentes à tous les repas. Pour eux, c'était le summum de la gastronomie. Toute la famille était d'excellente humeur. Personne n'était jamais fatigué. Aucun caprice. Quand l'un de nous proposait une idée, tous les autres acquiesçaient dans la gaieté. Les promenades nous rassérénaient. Les conversations étaient légères, empreintes de complicité. Lucca, Sienne, Volterra, Monteriggioni, Chiusdino. Tout était magnifique. La lumière était merveilleuse.

Mais j'aurais dû m'en douter. Le répit fut de courte durée. Et je n'ai guère récolté les fruits de ma mansuétude. À peine rentrés à Versailles, après m'avoir vaguement remercié, les enfants me pressaient déjà de retourner en Italie. L'année prochaine, Papa ? Nous verrons, nous verrons. Vous devez apprendre à être patients. Car malgré leur enthousiasme, malgré la joie de Clémence, je n'avais pas particulièrement envie de renouveler l'expérience. J'avais accepté ces vacances pour leur faire plaisir. J'estimais donc avoir accompli mon devoir. Ce n'était pas très honnête de leur part de chercher à m'imposer leur bon vouloir une deuxième fois.

Ma douce épouse avait la naïveté de croire que si nous passions de bons moments qu'elle s'employait à rendre parfaits, à la maison ou ailleurs, je serais tenté de me montrer disponible plus souvent. Et ils constitueraient un refuge nous empêchant de sombrer dans les habitudes, puis dans l'indifférence. C'était une manière de nous construire un rempart résistant aux aléas de l'existence, aux sirènes de l'éloignement. Une histoire, un même chemin. Mais tout glissait sur moi.

Je la soupçonnais d'utiliser ce subterfuge pour bousculer notre routine et m'inciter ainsi à également moins m'absenter pendant l'année. En partageant davantage, nous nous rapprocherions encore, nos liens seraient de plus en plus enracinés et solides. Mais une maison, deux enfants, c'est déjà beaucoup à mon sens. Presque trop. Et de retour dans le quotidien, où nous étions plus fréquemment séparés que réunis, j'oubliais tout ce bonheur. Clémence n'était plus qu'un petit plus, un fragment parmi d'autres, ma famille un élément posé là. Elle comme les enfants ne faisaient pas partie de moi, ni même de ma vie, à part par intermittence.

Je repartais sur les routes et c'était bien ainsi. Je ne parvenais pas à m'extraire, à me projeter en d'autres temps, en d'autres lieux. Je ne me souvenais plus précisément de mes sensations lors de ces soirées si douces dans notre jardin, de ces week-ends organisés par Clémence ou, en l'occurrence, de ces vacances italiennes. Et pourtant, dans ces parenthèses enchantées auprès d'elle, je n'aurais pas voulu être ailleurs, ni être avec quelqu'un d'autre. Je touchais l'essentiel. C'était l'évidence même.

Mais dès qu'un autre décor apparaissait, dès que je perdais de vue le sourire de Clémence et ses grands yeux mystérieux, dès que sa voix s'éloignait, tout s'effaçait et n'existait plus dans ma réalité. Pourquoi déjà tout se dissipait pour n'avoir plus aucune prise sur moi ? Pourquoi était-ce si difficile, voire impossible, de poursuivre la félicité de ces instants par l'esprit ? C'était comme si un autre les avait vécus. Cet autre me les racontait, je reconnaissais le décor. Cependant, je restais totalement étranger à tous les sentiments éprouvés alors. Je me rappelais l'atmosphère générale. Je me rappelais avoir profondément aimé chaque minute. Mais je devenais un spectateur lointain de ces scènes. Je les voyais défiler sans être touché.

Clémence se lasserait-elle un jour d'essayer de bâtir sur des sables mouvants ? Combien d'années était-elle prête à sacrifier à s'égarer ainsi ? Quand on s'est trompé de chemin, dès la constatation d'avoir fait fausse route, la logique voudrait que l'on s'arrête. Mais non ! On continue, pour rentabiliser les kilomètres déjà effectués. On persévère dans l'erreur, pour ne pas gâcher ce qui a déjà été accompli. Mais c'est la suite que l'on gâche. Au lieu de mettre fin à ses errements, on s'obstine, quitte à s'enliser, pour se prouver que tout cela n'était pas vain. Le cerveau humain est bien étrange. Un peu suicidaire sur les bords. Nous sommes la seule espèce à enfouir parfois jusqu'à notre instinct de survie.

Pourtant, Clémence savait. Elle avait une conscience aiguë du temps qui passe, de celui qui reste jusqu'au dernier soupir, et de celui perdu à attendre. Mais elle m'aimait. Et elle gardait cet espoir ténu. De détours en détours, elle arriverait à bon port. Et je serais là.

Moi, je considérais le crédit inépuisable. Et je ne m'encombrais de personne. Le monde et l'avenir m'appartenaient. C'était déjà le cas à vingt ans. C'était pareil à trente ans, à quarante ans. Et surtout, je n'y pensais pas. Plus tard, peut-être après. Je n'étais pas capable de dire autre chose. Et tant pis si Clémence en était toujours blessée. Plus tard, une autre fois. Peu m'importait. Ça ne comptait pas.

Quelques mois avant, nous avions fêté l'anniversaire de Pierre. Nous avions reçu ses camarades dans l'après-midi. Pour le dîner, nous avions convié ma mère, Sébastien et son épouse toute neuve, et Jacques, non accompagné. J'avais été réticent à l'idée de l'inviter, mais il savait que nous étions ensemble, et il était tellement seul. Tout s'était à peu près bien déroulé jusqu'au dessert. Jacques avait, une fois encore, un peu trop bu. Pierre avait soufflé ses bougies, ouvert ses paquets. Il était content. Tout le monde passait une agréable soirée.

Puis Jacques m'avait questionné sur nos projets de vacances pour l'été suivant. Il voyageait très rarement, seulement avec sa mère, et jamais plus de quelques jours. Aussi, il avait pris l'habitude de nous demander à l'avance où nous comptions séjourner, afin de louer également une maison près de notre lieu de villégiature. Car l'été lui semblait long. Ses amis étaient absents. Il s'ennuyait plus que d'habitude.

Nous espérions qu'il finirait par avoir d'autres désirs d'évasion. Le jour où il rencontrerait quelqu'un, les choses redeviendraient normales. Mais il ne rencontrait jamais personne. Et même quand cela était arrivé, il préférait délaisser la jeune femme pour nous rejoindre. Cette fois, c'était l'occasion de mettre un terme à cette habitude pesante.

Nous serons en Italie cette année. J'avais répondu naturellement. Il n'a pas eu l'air de comprendre. Ah, c'est une bonne idée ! Vous me direz où et quand pour que je m'organise. Écoute Jacques, peut-être peux-tu partir de ton côté ? Il a eu l'air étonné. Mais pourquoi ? Nous partions ensemble avant même que tu ne connaisses Clémence. Et après aussi. Jamais une fausse note. Nous avons toujours pris du bon temps, non ? J'ai balbutié. Oui, bien sûr. Puis je me suis montré plus ferme.

Nous avons passé l'âge des vacances entre copains, tu ne penses pas ? Il a avalé une gorgée de vin. Non, je ne pense pas, non ! Tu essaies de me dire que je suis un intrus, c'est ça ? Je dis juste que je me déplace beaucoup pendant l'année, et qu'il est normal de vouloir rester un peu en famille. Jacques n'en démordait pas. Mais vous allez bien revenir d'Italie à un moment donné. Nous pouvons peut-être nous retrouver après.

Il s'est tourné vers Sébastien. Tu étais au courant ? Oui, enfin, pas dans les détails. Jacques a vidé son verre. Et il a interpellé Pierre et Pauline. Les enfants, vous voyez votre père, là ? C'était un chic type avant votre naissance. Mais il est de plus en plus conformiste. Espérons qu'il divorcera avant d'être complètement irrécupérable. Pauline a pâli. Maman, vous allez divorcer ? Mais non, ma chérie, mais non. Ma mère s'en est mêlée. Mon pauvre Jacques, vous déraisonnez. Vous devriez rentrer maintenant.

Sébastien a proposé de le reconduire chez lui. Jacques s'est lamenté. Vous voulez vous débarrasser de moi et continuer la petite fête entre vous. Sébastien insistait. Tu es fatigué. Nous sommes tous fatigués. Il est temps d'y aller. Tout le monde s'est dit au revoir sur un ton un peu gêné. Les enfants sont montés se coucher. J'ai raccompagné ma mère.

Clémence avait été très patiente. Maintenant, elle en avait assez. Ton ami a toujours été le bienvenu, mais il dépasse les bornes. L'alcool lui monte à la tête. Je ne le juge pas, chacun fait comme il peut. Mais c'est un mauvais exemple pour les enfants. Il devrait réduire sa consommation, surtout quand ça le mène à se répandre en propos aussi douteux.

Elle n'avait pas tort. Jacques était mon ami, mais j'avais honte pour lui. Il avait appelé Clémence le lendemain, s'était confondu en excuses, avait promis de ne plus boire autant lors des dîners chez nous. Il avait tenu bon les deux ou trois fois suivantes. Puis il avait failli. Alors, il n'était plus venu à la maison qu'en de très rares occasions. Nous avions cependant continué à nous voir tous les deux régulièrement. Il était serviable, toujours là quand j'avais besoin de lui. Mais je suis donc parti en Italie avec Clémence et les enfants. Une page se tournait.

Nouvelle expédition à l'étage. Je laisse les vêtements, les livres, les jouets, les jeux, les objets divers, tout ce qui ne raconte pas notre histoire.

Je feuillette les herbiers de Pierre. Je lis les commentaires figurant à côté des feuilles et des fleurs séchées, à l'encre bleu marine, dont l'écriture, d'abord hésitante, s'affirme au fil des mois. Charmant au mois de mai, mais se fane vite. Une autre page. Trouvé lors d'une promenade en forêt en famille. Nous sommes rentrés avant le soir car Pauline était fatiguée. Une autre page encore. Préfère l'ombre au soleil. Moi, je préfère le soleil. Une page vide. Trois mots au crayon papier. Terre de Feu. Un journal intime de nos promenades, de nos vacances, sur plusieurs années. Je mets les herbiers de côté. Tout descendre. Tout jeter.

Je découvre les cahiers de solfège de Pauline. Les notes, les dièses, les bémols, les barres de mesure, les soupirs, tous les signes musicaux recopiés soigneusement ont été transcrits de manière très personnelle. Je ne sais pas déchiffrer la musique. Je ne peux pas entendre les mélodies dormant sur ces portées. Je n'y vois que des tableaux, de frêles œuvres d'art renfermant un code secret poétique, d'une beauté raffinée mais inaccessible. L'univers secret de Pauline se dérobe à ma compréhension. Ma petite fille a jalousement gardé la clef jusqu'en dehors du monde des vivants.

Et toi, Clémence, où voyages-tu désormais, le corps inerte et déjà froid, dissimulé dans une housse dans le salon ? Ici, dans notre chambre, je peux encore sentir l'odeur délicate de ta peau, et de tes cheveux sur mon oreiller, où parfois tu posais ta tête le soir, avant que je vienne te rejoindre. J'ai l'impression que tu t'es seulement absentée quelques heures, quelques jours, et que tu vas bientôt rentrer à la maison, comme avant. Quelle folie ! Il faudrait alors tout recommencer.

Dans l'armoire, deux grandes boîtes où tu conservais les souvenirs de tes parents. Je les ouvre. Des photos, des cartes d'anniversaire, une épingle à cravate, une broche. Une vie entière contenue dans si peu d'espace. Voilà ce qui subsiste *in fine* de chacun de nous. Quelques instantanés, quelques objets enfouis dans l'obscurité. Et un peu de poussière mélangée à la terre. Je referme les boîtes et les range à leur place. Cela ne me concerne pas.

Sur la table de nuit est posé *Le joueur d'échecs* de Stefan Zweig. Tu es montée te coucher et en as parcouru quelques pages. Puis, tu as éteint la lumière et tu t'es endormie. À quoi pensais-tu alors ? Aux personnages du livre ? Aux enfants ? À moi ? Quelle dernière image as-tu emportée dans ton sommeil ? Qui as-tu emmené dans tes rêves ?

Je cherche l'endroit où tu as inséré le marque-page. C'est le milieu d'un chapitre. Où t'es-tu arrêtée ? Aucun nouveau paragraphe sur la page de gauche. Alors avant celui commençant sur la page de droite ? « On vivait comme le plongeur sous sa cloche de verre, dans ce noir océan de silence, mais un plongeur qui pressent déjà que la corde qui le reliait au monde s'est rompue et qu'on ne le remontera jamais de ces profondeurs muettes*. »

Souhaitais-tu me délivrer un message ? Tenter de me confier ce que tu n'osais pas me dire ? Ou sont-ce simplement les derniers mots que tu as lus ? Ou peut-être plus loin. « On attendait quelque chose du matin au soir, mais il n'arrivait rien. On attendait, recommençait à attendre. Il n'arrivait rien. À attendre, attendre et attendre, les pensées tournaient, tournaient dans votre tête, jusqu'à ce que les tempes vous fassent mal. Il n'arrivait toujours rien. On restait seul. Seul. Seul. »

Et quelles sont les dernières paroles que tu as prononcées ? Je ne m'en souviens plus exactement. Quelque chose d'anodin, de léger. À tout à l'heure ! Bonne nuit, mon chéri. Pourquoi s'attacher aux dernières minutes, aux derniers instants, pourtant le plus souvent insignifiants ? Pourquoi prennent-ils tant d'importance quand le vide leur succède ?

---

* Stefan ZWEIG, *Le joueur d'échecs*, Paris, Livre de poche, 1991.

Je referme le livre. J'ai remis le marque-page au même endroit. Il représente des chiens de traîneau sur la banquise. Où Clémence a-t-elle bien pu dénicher cela ? Elle avait parfois des idées un peu étranges. Elle avait envie de partir au pôle Nord ou en Antarctique, quelque part en tout cas où tout est blanc et bleuté, et où il fait très froid. Mais elle n'a pas eu le temps d'envisager cette destination sérieusement. Heureusement ! Je n'avais aucunement l'intention d'aller me geler au pays des pingouins. Ou des manchots. Je n'ai jamais bien saisi la différence.

Sur le verso du marque-page, Clémence a collé le découpage d'un dessin de Pauline représentant une hirondelle volant dans un ciel radieux à moitié colorié. À l'époque, notre fille avait réalisé toute une série représentant le même oiseau, de manière assez réaliste. C'était un hommage à un petit pensionnaire que nous avions recueilli.

Par une belle soirée d'août, nous avions trouvé un bébé hirondelle devant l'entrée du garage. Le petit était couché sur le sol. Il ne tenait pas sur ses pattes. Il semblait à l'agonie, ou pire. N'y touchez pas, les enfants ! Il est mort. Clémence m'avait alors dévisagé comme si j'avais proféré une absurdité sans nom. Elle m'a corrigé. Il a l'air mal en point, c'est vrai. Mais nous allons tout de même essayer de le sauver.

C'est ce moment-là qu'a choisi l'oiseau pour tourner la tête très furtivement. Pierre avait écarquillé les yeux. Il bouge, il bouge ! Nous avons téléphoné aux services vétérinaires. Ceux-ci nous ont conseillé de ramasser l'hirondelle et de lui faire réintégrer le nid. Mais le nid, peut-être à cause de l'orage de la veille, était détruit.

Pauline a pris le petit dans ses mains très délicatement et l'a posé un peu plus loin, en dehors du passage, pour éviter tout risque de l'écraser quand la lumière faiblirait. Elle s'est assise à côté de lui et m'a transmis un message clair. Il doit avoir faim, le pauvre ! J'ai foncé à la jardinerie pour acheter sa pitance. C'était une mission de la plus haute importance. Je n'avais pas le droit à l'erreur. Nous l'avons nourri, en espérant que ses parents reviendraient le chercher. Mais ses parents ne sont jamais venus.

Pendant plusieurs jours, les enfants l'ont veillé. Il était tout petit, tout fragile. Pierre préparait les vers de farine et s'assurait qu'il mangeait correctement. Peu à peu, l'oisillon a recommencé à marcher et à agiter ses ailes.

Dès que Pauline approchait, il avançait vers elle. Et quand elle tendait sa main, il s'y posait et se laissait caresser. Elle imitait son gazouillis et il lui répondait. Ils dialoguaient d'une manière très soutenue. Ils donnaient l'impression de se raconter des choses délicieuses, de se comprendre parfaitement. Puis il a repris des forces, et a virevolté sur de courtes distances. Mais toujours il revenait vers Pauline.

Les enfants ne rentraient plus dans la maison, à part pour la nuit. Ils auraient presque voulu dormir dans le jardin pour profiter de chaque instant avec l'oisillon, pour ne manquer aucun de ses mouvements. Même Clémence lui montrait un intérêt prononcé et constant. Et enfin, le dimanche suivant, en fin d'après-midi, après une dernière caresse de Pauline, après un dernier chant, l'hirondelle a pris son envol. Elle a progressé de plus en plus haut, de plus en plus loin, jusqu'à disparaître dans le ciel azuré.

Pauline savait que c'était un adieu. Elle tentait de dissimuler son chagrin. Clémence lui a expliqué avec beaucoup de douceur. Ce n'est pas triste. C'est une bonne nouvelle. Elle va vivre sa vie d'oiseau. Et cet hiver, elle voyagera à des milliers de kilomètres. Pour longtemps ? Non, jusqu'au printemps. Alors, nous la reverrons chez nous ? C'est peu probable, mais peut-être. Et ce que tu as vécu avec elle t'appartient pour toujours.

Pauline a balayé de sa joue une larme naissante. Puis elle a souri avec mélancolie. Elle ne se faisait pas beaucoup d'illusions. Mais pendant longtemps, elle avait cependant continué à guetter si un petit oiseau au plumage noir avec des reflets bleu, au dessous du bec rouge brique, revenait tournoyer dans les airs près de notre jardin. Elle avait à peine sept ans. C'était son premier deuil.

Pierre avait dix ans. Il réclamait un chien depuis longtemps. Et après l'épisode de l'hirondelle, se désolant du vague à l'âme de sa sœur s'appliquant, malgré tout, à faire bonne figure, il avait réfléchi. Et il avait tranché. Ce serait mieux d'avoir un animal à nous, un animal qui ne nous quittera pas. Pauline s'était ralliée à la cause de son frère. Clémence aimait beaucoup les animaux. Elle en avait toujours eu auprès d'elle avant ses années d'étude. Elle penchait donc du côté des enfants. J'ai bataillé pendant des semaines avant de ne plus avoir à entendre parler de cette histoire.

Oui, pendant des semaines ! Toutes les conversations tournaient autour du chien. Mes trois adversaires ne manquaient pas une occasion d'évoquer les avantages merveilleux d'accueillir un tel compagnon. Parfois, subtilement. Souvent, moins adroitement. Ils se voyaient déjà le câliner et l'emmener en forêt pour de longues promenades, hiver comme été. Ils faisaient preuve d'une inventivité sans bornes. Bref, ils s'étaient ligués contre moi.

J'ai essayé de discuter avec Clémence, de la rendre à la raison. Nous étions presque couchés. Seule sa lampe de chevet éclairait notre chambre.

Mais enfin ! As-tu conscience que nous risquons d'incarner le parfait cliché de la famille bourgeoise, avec la maison, le jardin, un fils, une fille, et désormais un chien ? Elle s'en moquait bien. Qu'est-ce que ça peut faire si cela rend les enfants heureux ? Heureux, tout de suite, les grands mots ! C'est un caprice. Ils n'y penseront bientôt plus. Mais je me trompais. Le caprice ne s'était pas évanoui si rapidement que prévu.

Quand j'habitais à la campagne, j'avais eu deux souris blanches. Oh, elles étaient bien mignonnes. Mais un jour, mon père avait attrapé la grippe, ma mère aussi, et l'un ou l'autre leur avait transmis le virus. Les pauvres bestioles avaient succombé à la maladie quelques jours plus tard. Mon petit frère avait été très affecté. Je ne souhaite pas ça à Pierre et Pauline ! Ils vont s'attacher. Le réveil sera cruel. Clémence demeurait perplexe. Et alors ? Tu n'as pas renoncé à m'épouser sous prétexte que j'allais peut-être mourir avant toi et que tu serais alors désespéré. Mais enfin, Clémence ! Cela n'a rien à voir. Te rends-tu compte que tu compares notre mariage à l'adoption d'un chien ? En effet, cela n'a rien à voir. Bien sûr, c'est une image. Mais il est dommage de se priver de certaines joies juste parce qu'elles ne vont pas durer. Au mieux, c'est de la mauvaise foi. Au pire, c'est du cynisme.

Elle cherchait à m'attribuer le mauvais rôle, celui du sombre sire se refusant à faire plaisir aux enfants.

J'ai riposté. Toi-même, tu ne cesses de répéter qu'il ne faut pas trop les gâter. Ils doivent apprendre la valeur des choses, se frotter à la réalité. Oui, c'est vrai ! Mais il ne s'agit pas de leur acheter un jouet ou le dernier gadget en vogue. Quelques secondes se sont écoulées. Clémence s'est radoucie. Et ils gagneraient beaucoup en maturité à s'occuper d'un animal. Cela les responsabiliserait. Mais rien ne presse. Nous pouvons encore y réfléchir. J'en ai profité pour contre-attaquer. Non ! C'est tout réfléchi. Je ne vais pas perdre davantage de temps à désamorcer une mutinerie au sein de mon foyer. Elle a éclaté de rire. Une mutinerie ? Tu ne crois pas que tu exagères un peu ? Appelle ça comme tu voudras ! Mais je constate néanmoins que vous êtes résolus à m'empoisonner la vie. Et j'ai assez de problèmes en ce moment sans que vous n'en rajoutiez !

Un voile a troublé son regard. Alors, c'est ainsi que tu nous considères ? Nous, ta propre famille ? Comme un problème parmi d'autres, un problème de plus qui t'empoisonne la vie ? Je suis resté silencieux. Elle s'est allongée, a posé le drap sur ses épaules. Et sans un mot de plus, elle a éteint la lumière de sa lampe de chevet.

Les semaines ont passé. Je ne cédais pas. Clémence et les enfants non plus. Elle avait dû cependant leur conseiller d'être patients et de ne pas trop insister, car les allusions se faisaient de plus en plus rares. L'usure s'était infiltrée dans les rangs. Un soir, un peu avant le dîner, alors que nous étions tous réunis dans le salon, Pierre s'est montré très serviable. Papa, puis-je te servir quelque chose à boire ? Papa, veux-tu que je mette le couvert ? Au fait, Papa, j'ai eu une bonne note en mathématiques ce matin. Il préparait le terrain.

Ensuite, l'air de rien, il a proposé un référendum. Tu sais, Papa, j'ai eu une idée. Nous pourrions voter. En démocratie, c'est une bonne façon de départager les gens ayant des opinions différentes, non ? Je me doutais de la réponse mais j'ai quand même posé la question. Voter pour quoi ? Il a esquissé un sourire malicieux et arboré la mine comblée du vainqueur. Pour savoir si nous allons adopter un chien.

Évidemment, trois voix contre une, c'était imparable. J'étais certain de perdre. Ce n'est pas très juste, Pierre, ni très démocratique. Organiser une consultation du corps électoral en connaissant à l'avance les résultats pour légitimer ainsi sa victoire, c'est même plutôt une forme déguisée de dictature. Pauline s'est arrêtée de dessiner et a fixé ses yeux sur moi. C'est quoi une dictature ? J'ai tenté une définition. C'est un système de gouvernement dans lequel le pouvoir est exercé par une seule personne ou un groupe restreint d'individus. Pierre a enchaîné. Alors, Papa ? Tu serais d'accord ? Alors, c'est non ! Un mince espoir l'habitait encore. Non pour le référendum ou non pour le chien ? Non pour les deux ! Et ne t'avise plus de revenir sur le sujet ! Le débat est définitivement clos.

Il s'est levé, au bord des larmes. En tout cas, ici, la dictature n'est même pas déguisée. Tu décides toujours de tout. Je me suis levé à mon tour. Que cela te plaise ou non, c'est ainsi. Maintenant, tu montes dans ta chambre. Tu es puni. Il s'est dirigé vers l'escalier, et s'est encore adressé à moi, avant de gravir la première marche. Une dictature ! C'est bien ce que je disais ! Puis il a filé à l'étage.

Clémence nous observait avec tendresse et bienveillance, comme une mère observe ses enfants se chamailler, de loin, sans s'en mêler, sachant que rien n'est grave tant que nous sommes ensemble, sous le même toit. Tout s'arrange. Ces frictions font partie de la vie. Les liens du sang l'emportent sur les dissensions occasionnelles, sur les disputes, sur tout le reste.

J'ai ordonné à Pauline de ranger ses papiers et ses crayons de couleur. Elle s'est exécutée sur-le-champ, laissant son hirondelle en vol sur fond de ciel bleu inachevé. Et elle a quitté le salon pour rejoindre son frère.

Tu as vu sur quel ton il me parle ! Comme à son habitude, Clémence s'employait à tempérer mon irritation. Il est déçu. C'est normal. Il se réjouissait d'avoir trouvé la solution pour te convaincre. Elle se montrait bien complaisante. Pas pour me convaincre, pour me mettre devant le fait accompli ! Et déçu ou pas, un enfant n'a pas à tenir tête à son père.

Elle a soupiré. La vérité, c'est que tu ne supportes pas quiconque ne se pliant pas à tes désirs. Tu lui as fait de la peine. Tu sais qu'il est sensible. Tu devrais aller le voir. Je n'y tenais pas du tout. C'est hors de question ! Il est puni, un point, c'est tout !

Elle a refermé le livre d'art qu'elle consultait, ouvert à la même page depuis le début de la soirée. Et elle a disparu elle aussi dans l'escalier. Elle allait consoler Pierre, et je serais le méchant de l'affaire. Mais cela m'était bien égal. J'en avais enfin terminé avec cette histoire de chien.

Je suis toujours dans notre chambre. Je ne me sens pas bien. Des aiguilles traversent chaque parcelle de mon être. La douleur est légère mais très diffuse. Elle occupe tout l'espace. Ma tête. Mon ventre, mon estomac. Une fièvre soudaine tente d'extraire le mal hors de moi. Je m'embrase et je suis frigorifié à la fois. Des frissons me parcourent le dos, la nuque. Une goutte de sueur descend le long de ma colonne vertébrale. Glacée, mordante comme de l'acide. C'est la première fois que j'éprouve cette sensation.

Clémence était frileuse. Sans doute parce qu'elle brûlait de l'intérieur. Une flamme incandescente l'habitait. À la moindre baisse de température, la fraîcheur envahissait ses membres. C'était sa manière de réagir à la tentative de l'environnement de l'imprégner de sa tiédeur. Le sang se dirigeait vers le cœur. Moi, c'est l'inverse. Il n'y a que le froid au fond de moi. Le froid et la désolation. Mon cœur est décharné. Il n'a pas besoin d'être particulièrement irrigué. Alors, j'ai toujours chaud, même en hiver. La vie autour me heurte de sa lumière.

J'espère que ça va passer. Je ne dois pas tomber malade. Ce n'est pas le moment. Non, ce n'est pas le moment. J'ai faim et je suis écœuré. Je dois tenir. Au moins jusqu'à demain matin. Encore quelques heures. Une soirée. Toute une nuit. Tenir. Tenir. Tenir.

Les corps absents sont plus envahissants que gisant encore sur les lits. Désormais, ils rodent en ces lieux comme des fantômes. Ils me frôlent, me bousculent. Leurs cris silencieux me torturent l'esprit. Faire le vide. Hurler pour recouvrir leurs voix.

Avant, quand Clémence osait me lancer une vérité que je n'avais pas envie d'entendre, je m'énervais. Au moindre mot déplaisant, je menaçais de la quitter. Et elle me laissait tranquille. C'était facile. Mais maintenant ? Comment faire taire les morts ?

Ça va. Ça passe. Je me lève. Je vais dans le couloir. Je referme chaque porte de chaque chambre. Pour la dernière fois. Plus jamais je ne reviendrai ici. Vingt ans de ma vie s'achèvent. Je dois encore patienter un peu pour tirer un trait final sur tout cela. Mais je ne reviendrai plus à l'étage.

L'escalier. J'ai dans une main un grand sac-poubelle rempli de divers effets, dans l'autre le violon de Pauline dans son étui, qui aura droit à son sac individuel. Je balance le tout en bas, pour me libérer les mains, pour garder l'équilibre. Je m'accroche à la rampe.

Descendre lentement. Porter attention à chaque pas. On avance, on est prudent. Puis la concentration se relâche. On trébuche à la dernière marche. On croit le but atteint. On se réjouit déjà. Tout nous sourit. Le plus dur est derrière nous. On relève la tête. Soulagé ou fier d'arriver au bout. Presque triomphant. Et c'est la chute. La terrible chute.

Je ne me ferai pas avoir. Je connais la chanson. Combien de fois ai-je monté, descendu cet escalier ? Des centaines, des milliers de fois. Plus jamais je ne l'emprunterai. Je ne vais pas faiblir maintenant.

La dernière marche. Après, je serai délivré. Il y aura d'autres escaliers. Il y aura d'autres perspectives. Et je n'aurai pas failli. D'autres mondes à appréhender, d'autres horizons à embrasser. Je ne resterai pas pris à ce piège.

Je suis arrivé dans le salon. Mes jambes sont faibles, mais je ne suis pas tombé. Je m'assois par terre. Il n'y a plus rien aux murs, plus de cadres, ni de souvenirs sur les meubles. J'ai fait place nette. Je commence à respirer. Je pense alors aux affaires liées à mes parents. Mais non. Rien dans la maison. Mon frère a conservé le peu qui restait. Il est le dépositaire de notre mémoire familiale. C'est bien comme ça. Je me sens plus léger.

Mon père était si honnête. Mon frère est si honnête. Ils ont le bon sens des gens attachés à la terre, la loyauté des seigneurs ne devant rien à personne. Pourquoi n'ai-je pas suivi ce chemin ? Pourquoi suis-je devenu corrompu de l'intérieur ? Ils sont cohérents avec eux-mêmes. Ils ne mentent pas aux autres. Ils ne se mentent pas à eux-mêmes. Ils se contentent de ce qu'ils sont, de ce qu'ils ont. Ils aiment leur famille et sont conscients de leur bonheur. Moi aussi, pourtant, j'aimais ma famille. Mais le bonheur ne m'intéresse pas.

J'avais quinze ans, et mon frère douze, quand notre sœur est morte. Elle s'appelait Marie. Personne n'a jamais su ce qui s'était vraiment passé. Ou certains ont fait semblant de ne pas savoir.

C'était une petite fille de huit ans solitaire et un peu secrète. Elle s'inventait des mondes et passait son temps dans les livres d'images. Un accident. Si c'était vraiment une chute, pourquoi avait-elle couru ? À qui avait-elle voulu échapper ?

C'était à l'orée de la forêt. Au fond de l'immense terrain du voisin où nous étions autorisés à nous promener et à jouer. Le côté le plus éloigné de notre maison. Chez nous, il y avait une clôture, et il fallait procéder à un long détour par la route pour arriver à la forêt. Ma sœur détestait le voisin. Oui, elle le détestait. Pour quelle raison ? En avait-elle peur ? Je ne m'étais jamais posé la question avant. Marie montrait d'habitude une certaine indifférence pour les gens extérieurs à son univers. Elle n'avait pas peur des autres. Elle ne s'en souciait simplement pas. Elle était un peu sauvage, mais elle n'avait pas peur.

Pourtant, elle refusait la plupart du temps de venir jouer avec nous sur le terrain du voisin. Elle ne s'y aventurait que pour profiter du raccourci en longeant son jardin. Elle se faufilait vite, très vite, et franchissait la frontière invisible pour atteindre la forêt. Je crois qu'elle parlait aux oiseaux, comme Pauline bien plus tard, et aux arbres aussi. Elle leur confiait ce qu'elle ne pouvait pas confier aux hommes, ce qu'elle ne pouvait pas nous confier à nous. Elle s'en approchait pour obtenir leur protection. Mais rien, ni personne n'avait su la sauver.

L'année suivante, le voisin a déménagé. Il avait trouvé une femme à marier lors d'un bal dans un village des alentours. En tout cas, c'est ce qu'on a raconté. Il avait la trentaine burinée, portait des bottes en caoutchouc. Nous l'avions toujours vu seul depuis toutes ces années. Il monnayait quelques services. Quand mon père lui rendait visite, il posait la bouteille et ses petits verres sur la toile cirée de la table de cuisine avec un air satisfait.

La récolte avait été bonne. Ou elle n'avait pas été bonne. C'était selon les années. On annonçait du soleil. Ou on annonçait de la pluie. C'était selon les jours. C'était histoire de parler. Mais il répétait invariablement que les enfants, c'est-à-dire mon frère, ma sœur, et moi, pouvaient venir jouer autant qu'ils le désiraient dans le grand espace à la lisière de la forêt, derrière le potager. Oui, le potager. Parce que les récoltes mentionnées avec emphase se réduisaient invariablement à deux ou trois cageots qu'il vendait au marché le dimanche.

Je n'ai plus jamais parlé de ma sœur à quiconque, pas même à Clémence. Ce n'était pas vraiment une décision prise en concertation avec ma mère et mon frère. C'était comme ça. Plus un mot. Même entre nous. Ma mère avait gardé quelques photos rangées dans un album caché dans un tiroir fermé à clef. Nous pensions à elle, mais sans l'évoquer. De peur peut-être que les souvenirs, s'ils étaient exprimés, raviveraient les blessures. Aurions-nous mieux honoré sa mémoire en se rappelant ensemble le temps d'avant, en se racontant les bribes d'une époque révolue ?

Le voisin a donc déménagé. Les mois ont passé. Peu après, mon père a succombé à une crise cardiaque. Il ne s'était sans doute pas remis de la mort de ma sœur. Allez savoir ce que le chagrin peut ravager à l'intérieur.

Un matin, il ne s'était pas réveillé. C'était un samedi. Il faisait un temps magnifique. Il était presque dix heures. Personne dans le salon. Personne dans la cuisine. Alors, je suis allé frapper à la chambre des parents. Pas de réponse. J'ai tourné la poignée et ouvert la porte. Ma mère était assise sur le lit, en chemise de satin. Elle tenait la main de mon père, allongé et immobile. Elle le fixait, le visage penché sur lui, baigné de larmes, sans aucun sanglot. Elle psalmodiait des prières silencieuses dans la pénombre. Elle ne m'avait pas entendu. Elle ne me voyait pas. Je suis resté quelques minutes sans dire un mot.

Puis, peu à peu, j'ai imaginé ma mère se réveillant, sentant à côté d'elle le corps déjà froid, touchant l'épaule, l'agitant doucement dans l'espoir d'une réaction. Rien. Effleurant puis pressant le cou. Plus aucune pulsation. Les draps glacés. Plusieurs heures déjà s'étaient écoulées depuis la seconde où tout s'était arrêté. Il était trop tard.

Elle n'avait pas crié. Elle n'avait pas appelé au secours. Elle était demeurée là, près de celui qu'elle avait tant aimé et qu'elle aimait encore. Elle continuait à communier avec lui, quelque part entre le monde des défunts et le monde des vivants. Elle avait tissé entre eux une passerelle invisible et fragile, qui bientôt s'effondrerait, la condamnant alors à la solitude, à la peine immense, au vide infini. Mais perdue dans des brumes vaporeuses, noyée dans ses songes, elle tenait la mort à distance et gardait mon père encore un peu auprès d'elle.

Je suis ressorti de la pièce. J'ai rejoint mon frère dans sa chambre. Il a remarqué ma mine défaite. Que se passe-t-il ? Tu es bien pâle. Tu es malade ? Lendemain de fête difficile ? Alors, je lui ai demandé de me raconter la soirée de la veille. Les paroles de notre père avant d'aller se coucher. Il a retiré le casque de walkman posé sur ses oreilles. Rien de spécial. Nous avons dîné. Il n'avait pas très faim. Maman non plus. Puis nous avons regardé Pivot. Il était fatigué. Il est monté se coucher avant la fin. Il était content que ce soit le début du week-end. Il avait besoin de se reposer. Il nous a souhaité une bonne nuit. C'est tout. Et toi ? J'ai répondu machinalement. Rien de spécial non plus. On a traîné avec les copains. Mon frère ne saisissait pas si la conversation était terminée. Il a cependant appuyé sur la touche stop de son walkman et il a posé son casque, qu'il tenait toujours dans ses mains, sur le bras du fauteuil. Je n'ai rien ajouté.

Je m'en voulais d'être sorti. Je m'en voulais de n'avoir pas été là. J'étais rentré après minuit, vers une heure peut-être. Où notre père était-il à cette heure-là ? Encore avec nous, ou déjà ailleurs ? J'ai hésité à annoncer la nouvelle à mon frère. Allait-il se précipiter dans la chambre des parents et voler à notre mère, bien malgré lui, ses derniers instants avec son homme ? Ou était-ce plutôt son rôle à elle de nous réunir tout à l'heure pour nous déclarer que quelque chose de grave était arrivé, et qu'il était temps de faire venir le médecin pour constater le décès.

Après cela, plus personne n'a pu s'endormir sans craindre la survenue d'un malheur pendant la nuit. Comme si les drames attendaient l'obscurité pour se révéler. Nous savions pourtant qu'à aucun moment nous n'étions à l'abri, que la lumière du jour ne protège de rien, que chaque minute peut être la dernière, dans les ténèbres ou en plein soleil. Mais la peur, invariablement, renaissait avec le crépuscule. La peur de la séparation définitive. La peur de disparaître sans un mot d'amour, sans un adieu.

Le silence de la campagne. Le silence dans notre maison. Avant, à l'époque heureuse, nous étions cinq sous le même toit. Pourtant, le chahut était rare. Quelques chamailleries de fratrie, rien de plus. Chez nous, tout était tu. Pas d'effusions, pas d'étalages de sentiments, ni de grands discours, de mouvements de colère ou d'emportements. Une pudeur se confondant avec les non-dits. Prendre sur soi. Il y avait pourtant encore quelques murmures. Mais après la disparition de ma sœur, le silence a pris toute la place. Il a tout absorbé, tout annihilé. Il est devenu insupportable.

Aucune révolte de la part de mes parents. Aucun questionnement clairement formulé. Bien sûr cela n'aurait servi à rien. Bien sûr les défunts ne reviennent pas d'outre-tombe. C'était un accident. Le répéter inlassablement. Pas d'enquête. Marie était tombée dans la forêt. Elle avait trébuché. Et sa tête avait heurté une pierre. C'était tout. Le corps a été transporté, puis enterré dans les trois jours. Trois jours pour l'anéantissement du monde.

Mon père était médecin. Certains patients, qu'il suivait depuis des années, sont partis consulter ailleurs. Ils avaient peur. Le malheur est contagieux.

À l'église où nous allions quelques fois par an, dans les commerces, dans la rue, on entendait les chuchotements. Les habitants nous observaient avec méfiance, ou avec pitié. Ils nous saluaient très discrètement. Puis ils baissaient le regard. Ils se détournaient ou refermaient leur porte.

Mes parents habitaient Versailles au début. Peu après leur mariage, mon père avait trouvé cette affectation dans ce village de l'Eure-et-Loir. C'était provisoire. Et le provisoire a duré. Mon frère et moi y avions grandi. Mon père s'y plaisait. Il avait l'impression de s'enraciner sans doute. Il éprouvait un sentiment de réconfort né de l'appartenance à un lieu, comme au temps d'avant, avant que la fortune ne tournât le dos à notre noble famille. Mon grand-père avait alors dû vendre le manoir pour une demeure plus modeste. Et la tradition de la transmission de la demeure familiale à la génération suivante s'était évaporée.

Ma mère n'appréciait guère la campagne. Elle avait toléré cet environnement, qu'elle considérait un peu hostile, pour mon père. Pourtant, ensuite, sans lui, elle a essayé de tenir, elle a essayé de rester. Elle s'enivrait de souvenirs, tentant de prolonger ce qui n'existait plus. Puis elle s'est enfin résolue à vendre notre maison. Et nous avons déménagé à Versailles. Elle rentrait chez elle après un long voyage d'amour, émaillé de bonheurs simples et de peines insurmontables.

J'avais presque dix-huit ans et mon frère quinze quand nous sommes partis. J'étais devenu l'homme de la famille. C'était un nouveau départ, une nouvelle vie. Le bac à la fin de l'année. Un avant, domaine de l'enfance, s'éloignant de mon esprit. Et le présent, un tourbillon. La ville, le lycée et les amis tout neufs. Le choix de l'orientation pour la fac. On se grise de fêtes et de rêves d'avenir. L'ambition est reine. On est invincible.

Mon frère s'est moins bien adapté. Il était plus proche de Marie. Moi, à la campagne, j'avais les copains, et déjà envie de bouger. Mais lui n'avait pas franchi le cap. Il aurait voulu voir le temps se figer ou, mieux, inverser le cours des choses. Ne plus grandir. S'arrêter là.

Je n'ai plus repensé à la campagne pendant longtemps. Je n'ai plus repensé au voisin non plus. Il s'était terré chez lui après l'accident. Il n'était plus venu chez nous. Il n'avait plus tondu notre pelouse, ni taillé nos thuyas. Craignait-il la réaction de mes parents ? Cherchait-il à se faire oublier ? Nous avions appris son déménagement le jour où nous avions vu des hommes charger ses meubles dans un camion stationné devant sa maison. Qu'est-il devenu ? Il est père d'une petite fille devenue une jeune femme aujourd'hui. Sait-elle qu'à l'orée du terrain appartenant jadis à cet homme la mort a surgi ? Et lui, à quoi ressemble-t-il maintenant ? Le reconnaîtrais-je seulement si je le croisais ?

Quel souvenir garde-t-il de la mort de ma sœur ? Un goût amer ? Des insomnies ? Ou dort-il du sommeil du juste, toute trace s'étant effacée de sa mémoire ?

C'est la fin de l'après-midi. La lumière perce à travers les volets, révélant des grains de poussière en apesanteur, de fines particules paresseuses et indécises. La pendule du salon indique six heures. Ici, pas d'église à proximité pour ponctuer la course du temps. Ici, c'est le silence. Clémence aimait tellement entendre les cloches sonner en Italie. Le soleil se heurte aux lames de bois et darde ses rayons obliques vers les housses enveloppant les corps. Étrange clair-obscur.

Il reste beaucoup à faire. Je me relève et me traîne vers le bureau. Il y règne encore un grand désordre. Des feuilles de carton en vrac, par terre. Derrière, face contre le mur, une magnifique reproduction d'un tableau, offerte par Clémence. Lors de la visite d'une exposition, j'étais tombé en admiration devant une petite toile représentant un paysage azuré. La mer, le ciel, l'immensité, un frêle bateau sur les flots. On aurait presque pu entendre le vent dans les voiles. Sentir la caresse de la brise.

J'avais ensuite fait un tour à la boutique du musée. Et rien. Pas de carte postale, pas de poster. Puis sur internet, rien non plus. Le tableau n'était pas assez connu. C'était dommage, mais c'était ainsi.

Noël est arrivé. J'avais découvert mes cadeaux. Et parmi eux, une copie exacte de la marine. Clémence était une magicienne. Elle était retournée au musée pour prendre une photo. Les couleurs n'étaient pas fidèles. Alors, elle avait contacté le conservateur pour tenter de se procurer un fichier en haute définition du tableau. Elle avait fini par récupérer le précieux sésame, en avait fait un tirage de taille exacte. Puis elle avait fait appel à une entreprise professionnelle pour en faire une reproduction à l'identique, sur toile.

Le résultat était saisissant. J'avais dans l'idée de l'accrocher sur un des murs de mon bureau. Clémence était heureuse d'avoir un peu de notre visite, un peu d'elle, dans cet endroit n'appartenant qu'à moi. Ce tableau me plaisait vraiment. Il était d'une grande beauté. Il était aussi le souvenir d'une de nos premières expositions ensemble. Et j'étais enchanté d'avoir cette toile, ici, chez moi, pour moi. Et pourtant…

Le temps a passé. J'ai laissé le tableau sur une table d'angle. Puis j'ai eu besoin de place. Je l'ai posé par terre en attendant. En attendant quoi ? Il a ensuite été caché par une pile de dossiers, par d'autres objets. Quand Clémence frappait à la porte, j'essayais de penser à le ressortir et à le placer en évidence. Mais pas à chaque fois. Alors, quand elle le voyait, dans son regard filtrait une pointe de dépit et de déception. Tu peux le laisser rangé, ce n'est pas bien grave. Elle avait remarqué mon petit manège. J'étais un peu vexé.

Enfin, j'ai eu la flemme de jouer à ça. Je ne faisais même plus l'effort de le déplacer. Il est resté derrière des pochettes remplies de paperasse. Et j'ai fini par oublier qu'il était là. Je ne l'ai jamais accroché au mur. Je vais le jeter avec le reste.

Quelques années plus tard, Clémence avait cependant organisé une visite privée du musée pour mon anniversaire. Cette fois, l'établissement était fermé au public. Et nous avions déambulé pendant des heures merveilleuses, dans les salles et dans le jardin, accompagnés par le conservateur, dont elle avait encore les coordonnées. Une promenade hors du temps. Je m'étais arrêté rapidement devant la marine, dont la reproduction dans mon bureau était déjà alors sur le sol et dissimulée derrière des chemises cartonnées. Je n'avais pas osé émettre de commentaire.

Clémence devait espérer que ce pèlerinage inattendu sur un des domaines du début de notre histoire raviverait les liens nous unissant. Et même si l'attention me faisait plaisir, même s'il n'y avait aucune malice de sa part, les souvenirs de ce genre ranimaient en moi, non pas des parenthèses de félicité, mais mes engagements passés et mes belles promesses non tenues, mes premiers mensonges. Et je n'apprécie guère d'être ainsi rappelé à l'ordre.

Clémence avait longtemps essayé d'entretenir la flamme entre nous, devenue de plus en plus dangereusement vacillante. Elle prenait soin d'elle et de sa ligne, se parait de tenues féminines et raffinées la journée et de déshabillés délicats le soir, parfumait son corps d'huiles exquises. Même en vacances, elle dessinait un frêle trait noir sous ses yeux pour approfondir son regard, portait ses petites robes légères avec élégance.

Et ses cheveux, attachés ou détachés, donnaient l'impression que chaque mèche retombant sur sa nuque, sur son front, ou avançant furtivement sur ses joues, avait été posée en des endroits choisis. Le vent lui-même, le souffle pourtant désordonné, semblait lui porter assistance pour sculpter sa coiffure afin de révéler toute la nuance de ses expressions. Clémence, avec l'aide de la nature, si généreuse envers elle, s'appliquait sans cesse à se mettre en valeur, pour me séduire encore.

Elle émaillait également sa conversation de détails spirituels, s'intéressait à de nombreux sujets pour mieux m'en faire part. Elle gardait le sourire malgré mes airs indifférents et les manifestations brutales de mon complexe de supériorité. Elle cherchait à me donner des raisons de continuer à l'aimer, à la désirer, comme pour me convaincre qu'elle en valait la peine.

Elle pensait que cela suffisait à me satisfaire. Mais c'était tout de même un minimum. Je la laissais s'agiter comme on observe un insecte virevolter et se cogner contre la vitre, sachant qu'il ne pourra pas s'échapper, dont les mouvements désespérés ne constituent qu'un dernier élan de vie, à la fois dérisoire et vain.

Ses efforts parfois me touchaient, ou plutôt ils me flattaient. Car ils ne représentaient pas pour moi une preuve d'amour, mais plutôt le signe de l'emprise que j'avais sur elle. Je ne voyais dans son attitude qu'une tentative de compétition. Je ne pouvais m'empêcher de la considérer comme une adversaire. Son éclat ternissait mon image, la dégradait. Elle aurait dû savoir que, de toute façon, elle n'avait aucune chance de l'emporter contre moi.

Au contraire ! J'interprétais chacune de ses complaisances comme une approbation de mon comportement. Je prenais le risque de voir ses sentiments pour moi s'émousser, puis peut-être s'éteindre. Mais je savais aussi que je pouvais pousser les limites très loin. Rien ne m'arrêtait.

C'était déjà une faveur de ma part de l'avoir choisie. Ce n'était pas à moi en plus de tout réinventer. Clémence était une rêveuse. Il lui fallait de la poésie partout. C'était son affaire. Et moi, je n'avais pas de temps à perdre.

J'étais dans le concret, dans le palpable, le terre à terre. Je ne me dispersais pas comme elle à décrypter l'émotion cachée, à faire silence pour écouter le chant des oiseaux, à tenter de percevoir la lumière dans l'obscurité. Elle était si attachée aux rituels, aux saisons, à la magie de l'instant. Elle cherchait à tout embellir. Et il suffisait de tout rabaisser à la morne réalité, de laisser la médiocrité engluer les jours, pour tout abîmer.

Quand se lasserait-elle d'être agréable face à ma froideur ? Quand se lasserait-elle de se faire belle, de se vêtir de dentelles, de croire en nous ? Quand comprendrait-elle que cela ne changeait rien ? Il n'y avait rien à sauver.

Clémence ne pouvait pas s'empêcher de me faire de l'ombre, même malgré elle. Un soir, elle est arrivée à la maison avec du champagne et des cadeaux pour toute la famille. Elle avait obtenu une promotion. Ce n'était pas la première fois. Mais il s'agissait là d'une étape importante dans sa carrière. C'était une vraie marque de reconnaissance de la part de la maison de parfum pour laquelle elle travaillait.

Je pouvais difficilement lui reprocher de célébrer cet événement. Quand je signais de nouveaux contrats, je le lui annonçais moi aussi avec une mise en scène soignée. Mais je me taisais quand les choses allaient mal. Je m'occupais de remplir la déclaration d'impôts, et elle n'était pas au courant des revenus fondant de plus en plus chaque année. Aussi, elle ne se doutait pas de la précarité de ma situation. Et elle s'en était encore moins doutée quand tout avait commencé à dégringoler.

Elle avait mal choisi son moment. Mon entreprise était sur le déclin. Bien sûr, Clémence l'ignorait. Et elle n'y était pour rien. Je donnais le change mais devenais de plus en plus irascible. Depuis longtemps déjà, elle ne comprenait pas mes accès de mauvaise humeur. Mais je l'avais sous la main. Et je m'arrangeais pour lui reprocher des petites choses afin de justifier mon attitude changeante.

Avec les connaissances, les amis, je jouais à l'homme à qui tout réussit. En contact avec l'extérieur, je me montrais sous mon meilleur jour. Je ne voulais pas me couper de mon entourage. Avec Clémence, je ne risquais rien. Je pouvais me défouler. Elle était là. Nous étions une famille. Elle n'avait pas d'alternative que de tout supporter.

Les premières années, j'avais bénéficié d'un bon référencement sur les moteurs de recherche. Avec le développement d'internet et la multiplication du nombre de sites, de nouvelles plateformes, similaires à la mienne, étaient apparues. Et j'étais passé du haut de la page à la deuxième place, puis à la troisième, puis de plus en plus bas. Mais les affaires s'étaient à peu près maintenues. Jacques et Sébastien me donnaient toujours un coup de main de temps en temps. Sans enthousiasme, seulement par amitié. Je n'étais plus le jeune homme audacieux espérant devenir le roi du marché. Je surnageais à peine.

J'avais continué à solliciter de nouveaux libraires. Et j'avais encouragé les autres à actualiser leurs bases de données. Conservant le marché de l'occasion et des éditions plus rares, je m'étais orienté de plus en plus vers la bibliophilie car, les livres anciens de grande valeur étant vendus plus cher, la commission était d'autant plus élevée. Mais c'était un milieu de spécialistes malaisé à approcher, possédant déjà son réseau. Le cercle était très fermé et, si certaines librairies avaient accepté, cela fut au bout du compte beaucoup de travail dans un milieu ne m'étant aucunement familier, pour très peu de résultats probants.

Et Clémence était là, rayonnante, conquérante. Et son succès me renvoyait à mes échecs. Les enfants étaient aux anges de recevoir ces paquets de manière impromptue. J'aurais dû me réjouir pour elle, être très fier. Je l'ai remerciée du bout des lèvres, sans ajouter un mot de félicitation.

À l'issue de cette petite fête improvisée, j'avais besoin de m'aérer. J'ai annoncé à Clémence une absence de quatre jours. J'ai des clients à rencontrer. Elle a d'abord paru étonnée. Ah, tu ne me l'avais pas dit. Non, je ne voulais pas gâcher ton effet. Ça vient juste de se décider. J'ai calé les rendez-vous cet après-midi. Bien sûr, elle était déçue. Et peut-être même un peu triste. Mais ça va empiéter sur le week-end. J'ai arboré un air ennuyé. Je sais bien, et ça ne m'amuse pas ! Mais c'est le travail. Et des week-ends, nous en aurons d'autres.

Je dois avouer que j'avais un certain talent pour lui saboter ses beaux moments.

Certains se réfugient dans des relations plus ou moins suivies avec des femmes. J'ai essayé. J'ai renoncé. Trop banal, trop trivial. Je laisse cela aux mesquins et aux insignifiants.

J'ai plutôt été fidèle dans l'ensemble. J'ai eu seulement deux liaisons. Et je ne sais pas trop pourquoi. Sans doute la conséquence qu'une certaine langueur, d'une pointe d'abattement. Une distraction sans véritable envie. Je n'éprouvais aucun sentiment à l'égard de ces femmes, ni réelle attirance physique. Je n'ai jamais été esclave du désir.

Il y en a tant qui sont incapables de se maîtriser, prêts à prendre des risques insensés pour une heure ou deux en bonne compagnie, le risque de briser leur mariage, de détruire leur famille, d'anéantir leur carrière. De tout perdre. Pauvres pantins ! Faut-il être faible !

Je présente plutôt bien. Mais tout cela ne m'intéresse pas. Faire la cour pour se retrouver dans un lit, sachant de part et d'autre que c'est ainsi que cela va aboutir, les fausses hésitations, les atermoiements, les minauderies, les insistances. Quelle triste comédie !

Le lendemain de la soirée de célébration de la promotion de Clémence, j'avais donc quitté la maison. J'avais quatre jours devant moi. J'ai pris la voiture, sans idée d'une destination précise. J'ai roulé. Je m'arrêtais au gré de mes humeurs. J'errais une fois de plus.

J'ai ainsi rencontré un soir au bar d'un hôtel celle qui devint ma première maîtresse. Nous avions discuté de choses et d'autres. Elle me considérait d'un œil neuf. Mon masque n'avait pas encore commencé à se craqueler comme je le percevais parfois dans le regard de Clémence. C'était un jeu d'enfant de rester dissimulé. Je n'avais pas de responsabilité. Je n'avais rien à prouver. J'ai évoqué ma réussite professionnelle, mon statut social.

Elle était de ces femmes un peu naïves se sentant en sécurité dans le monde des adultes de leur mari. Mais elles s'y ennuient car elles n'y comprennent pas grand-chose. Elles ont besoin de temps en temps de connaître un petit frisson. À défaut d'intelligence, elles sont animées d'une sorte d'instinct de ne pas savoir lire entre les lignes, et ne sont donc jamais une menace pour l'homme. Aucun danger avec elles d'être mis à nu. Comme cela doit être apaisant ! Comme leurs maris doivent vivre paisiblement !

Elle n'était pas spécialement belle, du genre ordinaire à surévaluer quelque peu son pouvoir de séduction et parvenant sans doute parfois à faire illusion. Elle semblait très préoccupée par son apparence. Peine perdue. Aucune flamme. Aucun éclat. Mais elle me flattait. Et elle ne cherchait pas au-delà du vernis. Alors, ce fut elle. Parce qu'elle était là. Mais cela aurait aussi bien pu être une autre. Ou personne. C'était une histoire de circonstances.

La lumière était tamisée, la musique feutrée. La scène était d'une fadeur consternante. Je n'avais pas retiré mon alliance. Elle en avait une également à son annulaire gauche. Je n'avais rien prémédité. Pas de question, ni de l'un, ni de l'autre. Nous avions un peu bu. Nous sommes montés dans ma chambre. Au matin, l'inévitable interrogation. Nous reverrons-nous ? J'ai laissé entendre que j'étais plutôt libre. Ah, mon alliance ? Non, c'est un vieux bijou de famille. L'alliance de mon père. Je n'ai personne dans ma vie. Enfin, personne d'important. Nier Clémence. Nier notre amour. Nier notre histoire. L'annihiler. Nous avons échangé nos numéros de téléphone. Et j'ai repris la route au hasard.

Enfin, je suis rentré à la maison. Je n'étais pas très fier de moi. Mais je ne me sentais pas coupable non plus. Clémence m'a questionné. Tes rendez-vous se sont bien passés ? Oui, oui. Rien à signaler. Elle a sorti une bouteille. Tu veux prendre l'apéritif dans le jardin ? Non, je suis fatigué après tous ces kilomètres. Je vais aller bricoler un peu dans mon bureau. Et je n'ai pas faim non plus. Vous dînerez sans moi. Je me coucherai tôt.

Je jouais avec Clémence comme un chat avec un oiseau blessé. Mais je ne le faisais pas exprès. Je ne suis pas sadique. J'étais juste incapable de faire le moindre effort pour lui manifester de la tendresse ou partager ce qui comptait pour elle. Je ne m'intéressais qu'à moi, à mon bon vouloir du moment. Même ses succès, sa belle carrière m'indifféraient finalement.

Non. J'en voulais à Clémence pour quelque chose de beaucoup plus grave, de beaucoup plus profond. Quelque chose d'impardonnable, d'insurmontable, de rédhibitoire. Je lui en voulais de voir clair à travers moi. Et pourtant, elle continuait à m'aimer.

J'aurais pu alors apprécier d'être aimé au-delà de mon image, d'être aimé malgré mes mensonges et mes cachotteries. Mais cet amour était trop grand pour moi. Il m'effrayait. Et je ne supportais pas d'être à découvert dans un état que je ne maîtrisais pas et que j'avais toujours refusé de montrer, de partager.

J'étais seul maître de qui j'étais dans l'esprit des autres, et de ce qu'il convenait de recueillir en moi. Ce n'était pas à Clémence de décider. Elle n'avait pas à deviner ce qui n'appartenait qu'à moi seul, toute ma vie en dehors de nous, mes rencontres, mes émotions les plus intimes, mes incertitudes, mon dégoût de me confier, de me dévoiler, mon incapacité à éprouver des sentiments. Personne n'était digne de me connaître vraiment. Personne n'avait le droit. Personne.

Je ne supportais pas qu'elle me dise la vérité. Tant que personne ne remarquait qui j'étais, je pouvais me convaincre moi-même, m'inventer un autre personnage, oublier mes faiblesses. Mais quand Clémence se permettait d'énoncer des choses pourtant justes, et même sans aucune animosité, je me sentais attaqué. Alors, j'étais sans cesse sur la défensive. Elle ne me laissait pas d'autre choix que de la tourmenter, et de la détruire si ça allait trop loin. C'était elle ou moi. Il s'agissait de ma propre survie.

J'étais fatigué de toutes ces circonvolutions pour donner le change. Comment tout cela allait-il finir ? Jouer mon rôle quelques semaines, quelques mois. Mais après des années ? Comment les autres font-ils pour tenir sur la distance ?

Tenir sur la distance. Voilà toute l'affaire. Quand je vois ces pauvres gens au bout de l'existence, traînant leur vieillesse, leurs douleurs. Clémence les admire. Je les plains. Plus aucun horizon, plus aucune espérance. Quel fardeau ce doit être de porter tous ces souvenirs ! Combien de fois ont-ils été tentés de renoncer ? Combien de fois ont-ils failli fuir ? Qu'est-ce qui les a retenus ? Quel microévénement les a dissuadés à chaque étape de tout laisser tomber ? Quel sentiment les a traversés ? La culpabilité ? Elle m'est tout à fait étrangère. La peur de l'inconnu ? Elle passe vite. L'amour ? C'est très surestimé.

L'amour ! Deux mille ans que l'on se gargarise de ce concept extravagant. Des sermons, des livres, des œuvres d'art, des films, des chansons. L'amour est partout, dégoulinant. L'amour de son prochain, de sa famille, de l'âme sœur, l'amour de ses enfants. On le présente comme l'alpha et l'oméga. Pourtant, il déclenche des guerres, attise l'envie, la jalousie, crée des attentes, renforce la vanité. C'est un miroir complaisant. Un remède absurde à l'insoutenable solitude.

On sonne à la porte. Le sang me tape violemment les tempes pendant un court instant. Le chien des voisins aboie. Quelques secondes s'écoulent. On sonne encore. Puis on frappe. On insiste. Heureusement, les rideaux sont tirés, les volets fermés. Qui cela peut-il bien être ? Certainement pas le facteur. Il a dû passer ce matin pendant ma sieste. Mais il ne s'est pas arrêté ici. J'ai tout prévu. Le courrier ne s'amoncellera pas dans la boîte aux lettres. Je l'ai fait suivre vers une boîte postale au Canada. Alors qui ? Je vais dans le salon sur la pointe des pieds. Peut-être percevrai-je une voix reconnaissable ? La lumière passe toujours, mais aucun bruit.

J'entends enfin l'intrus s'éloigner. D'un pas très léger. Presque celui d'un enfant. Il a glissé une grande enveloppe sous la porte. Je vais la ramasser discrètement. Aucune inscription. Je l'ouvre. Ce sont des photocopies de partitions. Je cherche. Mais oui, c'est mardi. Le jour du cours de violon. Une camarade du conservatoire a dû faire un crochet pour déposer les devoirs à ma fille. Sans doute un nouveau morceau à étudier.

Il y a peu de temps, Pauline m'a posé une question étrange. Que fais-tu quand tu es triste, Papa ?

Je ne sais pas. Je fais des choses que j'aime, des choses agréables. Elle a froncé les sourcils. Mais ça ne console pas, ça. Au mieux, ça distrait. Oui, sans doute. Mais je ne pouvais pas répondre autre chose. Car d'aussi loin que je me souvienne, je n'avais jamais été triste. J'avais parfois été contrarié, agacé, énervé, en colère, plein de rancœur, parfois d'aigreur, découragé, abattu. Mais la tristesse, non, je ne connaissais pas. Même à la mort de mes proches. Une impression bizarre. Mais rien de plus.

Les philosophes et les poètes avaient dû inventer cet état de détresse morale pour ajouter à la misère du monde. Comme si le mal n'avait pas assez d'emprise, il s'agissait en plus de lui attribuer un sentiment devant l'impuissance d'y faire face. J'imaginais que, pour être triste, il fallait ressentir un manque. Le manque de l'autre, un manque de douceur, un manque d'attachement. Et je me suffisais à moi-même.

Si je devais perdre quelqu'un ou quelque chose, je préférais alors le dédain ou le mépris. J'annihilais les bons moments du passé. Je me rappelais à peine s'ils avaient existé. Je me persuadais qu'il ne s'agissait que d'un rêve éthéré, lointain. Rien de tangible. Je me refusais à m'user à faire plier ce qui me résistait, ce qui m'échappait. Je tordais la réalité. Je la sabotais pour oublier qu'un jour peut-être j'avais aimé.

J'estompais les preuves, je les falsifiais. A posteriori, comme le renard de la fable, je jugeais les raisins trop verts. Et à force de certitude réinventée, je parvenais à complètement oublier que j'avais eu faim, que les raisins étaient mûrs, et couverts d'une peau vermeille. Oui, je les avais convoités. Oui, et contrairement au renard, je n'avais qu'à tendre la main pour les cueillir. Mais ma main ne savait pas cueillir. Elle ne savait que prendre. Et je renonçais devant le moindre effort de délicatesse. Puis tout se flétrissait. Car une fois à portée, je m'en étais détourné.

Je n'étais donc d'aucun secours pour ma fille, traînant sa mélancolie depuis toute petite. Clémence trouvait les mots. Ce n'était pas toujours suffisant. Alors, Pauline s'était réfugiée dans la musique. Mais la musique ne me touchait pas. Je n'en écoutais plus. Les derniers disques achetés remontaient à l'adolescence.

L'année dernière, Pauline avait souhaité participer à un prestigieux concours national de violon pour jeunes musiciens auquel tenait à la présenter son professeur. Clémence y voyait la reconnaissance de la volonté sans faille et des efforts acharnés de notre fille pour atteindre, à son niveau, un certain degré d'excellence. Selon moi, il s'agissait d'un exercice pour petits singes savants. Je refusais de l'encourager sur ce chemin. Elle vaut mieux que ce genre de mascarade. Clémence enchaînait les arguments. Cela ne différera pas beaucoup des examens de fin d'année au conservatoire. Et ce sera bon pour son dossier. Cela lui ouvrira peut-être même quelques portes.

Pour éviter d'épiloguer sur le sujet, j'avais finalement donné mon accord. Mais j'avais prévenu Pauline. Elle ne devait pas négliger sa scolarité pour autant. Je n'admettrais aucune mauvaise note au profit d'un simple loisir. Elle avait promis de ne pas empiéter sur ses heures de devoirs. La pratique du morceau choisi se ferait sur le reste de son temps libre. C'était entendu.

Le jour du concours, j'étais en déplacement. Clémence m'avait sermonné. C'est si important pour

Pauline. Elle a tant travaillé, pendant des semaines et des semaines, ne s'octroyant plus aucun repos. Comment peux-tu être absent un jour comme celui-ci ? À l'entendre, je n'étais jamais à la hauteur. Mon rendez-vous professionnel était fixé de longue date. Je n'allais quand même pas le reporter pour si peu. Mais enfin, ce n'est pas si grave. Elle ne sera pas toute seule. Tu y seras, toi ! Tu me raconteras.

Et Clémence m'avait raconté. Pauline avait attaché ses cheveux, mis sa plus jolie robe. Elle n'avait pas ouvert la bouche durant le trajet entre la maison et la salle de concert. Elle était restée concentrée en attendant son tour. Elle avait été appelée sur scène. Et elle avait joué merveilleusement. Une technique impeccable, une vive sensibilité. Elle avait remporté le premier prix dans la catégorie « deuxième cycle », où elle figurait parmi les plus jeunes.

La récompense, cependant, était maigre. Elle consistait en un joli papier enluminé et un chèque d'une centaine d'euros. La somme, évidemment, ne couvrait pas le coût non négligeable des leçons supplémentaires pour la préparer au concours. Mais Pauline était ravie.

Je suis rentré le surlendemain. Toute la famille m'attendait, tout sourire, affichant un air fier et joyeux, espérant me voir participer avec empressement aux réjouissances. Je suis arrivé. Bonjour, tout le monde ! J'ai posé mon attaché-case. Clémence et Pierre se sont levés pour m'accueillir. Pauline est venue m'embrasser. Bonjour, Papa ! Et je ne l'ai pas félicitée.

J'avais reçu entre-temps, par courrier électronique, son bulletin de notes. Sa moyenne générale avait chuté de deux points. Elle restait parmi les meilleurs élèves de sa classe, mais elle n'avait pas respecté notre marché. Je ne pouvais pas tolérer un tel affront.

Pauline, va chercher ton violon, s'il te plaît. Elle est montée dans sa chambre et m'a apporté l'instrument. Je l'ai saisi d'un geste brusque. Tes notes sont moins bonnes qu'au trimestre dernier. Je t'avais prévenue, mais tu n'as pas été raisonnable. Ton violon est confisqué jusqu'à la fin du mois.

Elle n'a pas eu de chance. Nous étions le 3. Ce n'était pas ma faute. C'était une échéance comme une autre, juste une question de calendrier.

Pauline était sidérée. Elle n'a pas articulé le moindre mot. Je me suis dirigé vers mon bureau pour mettre l'instrument sous clef dans une armoire. Elle n'a pas réagi. Elle était abasourdie, vidée de toute substance. Sur le moment, Clémence n'a rien ajouté non plus. Nous mettions un point d'honneur à ne pas nous contredire devant les enfants, afin de ne pas ternir notre autorité. Enfin, en général, c'est surtout Clémence qui laissait passer l'orage avant de s'adresser à moi en aparté.

Mais ce jour-là, elle avait perdu toute patience. Au lieu de prendre sur elle et de me confier tranquillement le soir sa désapprobation, elle m'a immédiatement entraîné dans la cuisine. J'ai aperçu sur le buffet un plateau avec des canapés et quatre flûtes à champagne, annonçant les festivités et soudain relégué au rang de nature morte.

Elle était furieuse, mais elle chuchotait pour ne pas être entendue par Pierre et Pauline. Tu ne peux pas faire ça ! Bien sûr que si, je peux ! Mais, non ! Ce n'est pas un simple loisir pour elle, et tu le sais très bien. Si tu l'empêches de jouer, sa technique va s'en ressentir rapidement mais, surtout, tu la prives de quelque chose d'essentiel. Puis son ton s'est radouci.

Restreins ses horaires de pratique pendant quelque temps si tu le souhaites. Elle va se rattraper. Mais je t'en prie, ne l'empêche pas complètement de jouer. Pauline va s'éteindre. Mais arrête, Clémence ! Arrête avec tes expressions grandiloquentes !

Mes expressions grandiloquentes ? Mais il s'agit de l'équilibre de ta fille ! S'il te plaît, allège sa punition, et va t'excuser. Je me suis énervé. Non, mais tu plaisantes ! Et puis quoi encore ? Je n'allège rien du tout et je ne m'excuserai pas. Elle a alors cessé de chuchoter. Elle n'a pas haussé la voix, mais son timbre est redevenu clair et posé, empreint de découragement. Ah, oui, c'est vrai. Tu ne demandes jamais pardon. À personne. Ni pour tes maladresses. Ni pour les choses graves. Jamais. Jamais tu n'as prononcé ce mot si simple. Pardon.

Elle a laissé passer quelques secondes, avant de poursuivre. Tu devrais être fier de Pauline. Tu devrais te réjouir pour elle, et tu te comportes en inspecteur des travaux finis. Tu n'en as pas assez de déprécier tout le monde ? Tu n'en as pas assez de condamner tous ceux qui osent exister en dehors de toi ? Clémence, tu vas trop loin ! Tu me reproches de ne pas être assez souvent auprès de vous. Je viens à peine de rentrer. Et tu me fais déjà une scène. Je ne te fais pas une scène. Je t'exprime mon désaccord. Tu as pris une décision particulièrement injuste. J'ai tout de même le droit de te faire part de mon opinion ?

Non ! Pas pour me dire que j'ai encore tort. Tu crois que c'est agréable pour moi de revenir à la maison dans ces conditions ? Tu me donnes déjà envie de repartir. Tu me donnes même envie de te quitter. Vraiment. Et d'ailleurs, si je suis un être odieux comme tu sembles l'insinuer, et si tout cela ne te convient pas, pourquoi restes-tu avec moi ?

Elle a soupiré. Elle est restée très calme. Encore tes menaces de me quitter ! Toujours les mêmes menaces, invariablement. L'art de l'esquive. D'habitude, c'est pour rester bien à l'abri derrière tes petits mensonges. Aujourd'hui, c'est pour ne pas avoir à argumenter. Mais à chaque fois, ce n'est pas très glorieux. Elle s'est éloignée de moi, s'est retournée. Elle m'a fixé de son regard assombri sous l'effet de la colère que je l'obligeais à garder en elle. Je vais te dire le fond de ma pensée. C'est pire que pas très glorieux. C'est même un peu minable. Et elle est sortie de la cuisine.

Je glisse l'enveloppe renfermant les partitions dans le porte-revues, sous les magazines d'art de Clémence. Juste au-dessus, sur un guéridon, est posée une triste composition florale. Celle-ci nous a été apportée par des amis venus dîner le mois dernier.

Clémence n'aimait pas les fleurs coupées. Elle me l'avait fait comprendre à demi-mot lors de l'un de nos premiers rendez-vous lorsque je lui avais offert un petit bouquet. Elle préférait voir s'épanouir les plantes dans la nature. Elle ne comprenait pas que l'on puisse arracher les végétaux à la terre, les enfermer dans un vase pour agrémenter un intérieur pendant quelques jours. J'avais la réponse. Alors, un jour, je t'offrirai un jardin.

J'étais très fier de ma formule. C'était le temps chevaleresque des déclarations teintées de lyrisme, des grands serments définitifs. Mais cela ne m'avait pas amusé bien longtemps. Clémence était désormais prise dans mes filets. Et je ne lui ai jamais offert de jardin. C'est elle qui avait acheté notre maison juste après notre mariage.

J'avais ensuite alterné les périodes d'euphorie et d'exaltation et les phases d'amertume et d'enfermement. Les mots d'amour me venaient de plus en plus rarement, même les plus artificiels. Peut-être manquais-je d'inspiration. Ou peut-être plus certainement avais-je le cœur sec. Même avec Pierre et Pauline, je peinais à trouver une phrase pour les encourager ou les réconforter. Mon attachement à eux ne faisait rien naître en moi.

Mais je les traitais bien. J'invitais Clémence dans de beaux restaurants. Et je donnais aux enfants une somme d'argent de poche très correcte. Du moins dans les périodes où mes comptes n'étaient pas dans le rouge. Tendre ma carte de crédit ou des billets. C'était ma manière à moi d'être généreux. Mais leur consacrer du temps, de l'attention, les écouter, les soutenir, essayer de leur faire plaisir autrement, je ne savais pas.

Nous avions oublié le bouquet des amis dans ce coin du salon un peu en retrait. L'eau du vase avait été vidée alors que les fleurs coupées étaient sur le point de se faner. Elles s'étaient alors transformées en fleurs séchées. Même Pierre n'en avait pas voulu pour son herbier, certes laissé de côté il y a des années mais que, très occasionnellement, il ressortait, l'étoffant encore s'il était particulièrement touché par la délicatesse d'une plante inconnue. Comme Clémence, il n'aimait pas les fleurs des magasins. Je retire le vase. Je vais le placer à côté de l'évier. Et je m'assois quelques minutes.

J'ignore quel événement a déclenché l'engrenage qui a fini par tout broyer. Peut-être rien de précis.

Un ensemble de choses indéfinissables. Néanmoins, rapidement, le système s'était emballé. Le brouillard s'est immiscé. Et il a peu à peu tout envahi. J'avais pourtant tout fait pour entrer dans le moule, pour satisfaire tout le monde, ma mère, Clémence, les enfants, nos amis, mes clients. Mais rien, jamais, ne suffisait. Le bateau prenait l'eau. J'écopais. Et je m'exténuais en vain.

En tout cas, j'avais eu raison de me méfier. J'avais eu raison de craindre la survenue d'une apocalypse dont les prémisses grondaient depuis tant d'années. Combien de sceaux s'étaient ouverts ? Au fur et à mesure, ma vigilance s'était affaiblie. Anesthésié par la vaine comédie présidant à la satisfaction des hommes, contaminé par leur sinistre suffisance, j'avais envisagé ces avertissements comme d'ordinaires revers du quotidien. Je n'avais pas voulu voir. Pourtant, tout était clair. Limpide. La conquête, la guerre, la famine. La mort.

Des éclairs de lucidité m'empêchaient cependant de sombrer complètement dans la facilité. Mais on peut se tenir sur ses gardes sans pour autant empêcher le destin de s'accomplir. Les impies sont jugés. Les élus sont récompensés. C'est ainsi. C'est écrit dans le livre des livres. Depuis que le monde est monde.

Et les signes présageant la déchéance et l'ultime sentence sont à peine déguisés. La terre tremble, le soleil devient noir, la lune se pare de rouge, les étoiles tombent. Puis c'est le grand silence.

Je n'avais pas élaboré de plan pour tout saboter entre Clémence et moi. J'avais juste perdu l'envie d'elle, l'envie d'être avec elle. Au début, c'était grisant. Un peu comme au théâtre. Mais le rôle à jouer m'avait vite désintéressé. La scène aussi. On m'avait pris pour un autre et je ne savais plus comment me défaire de tout cela sans passer pour un inconstant, ou pire un imposteur.

Alors, je me dérobais. Je m'absentais de la maison plus longtemps que nécessaire. Quatre, cinq jours, dix jours, et même parfois jusqu'à deux semaines, trois semaines d'affilée. Pour un seul rendez-vous. Ou pas de rendez-vous du tout. Je tenais ma famille à distance. Toujours. Avant, j'écrivais un petit mot tendre dès mon point de chute atteint. « Embrasse les enfants ! ». Et j'ajoutais une photo. Puis le message n'a plus été qu'informatif, et sans illustration. « Je suis bien arrivé. Bonne journée ! » ou « Bonne soirée ! », selon l'heure. Et peu à peu, il partait des heures après, quand je trouvais quelques secondes à leur accorder. Et je ne prenais plus la peine de rédiger une phrase entière. C'était réduit à « Bien arrivé. » Dernièrement, je ne mettais même plus de ponctuation. Le point s'était perdu dans la précipitation et la négligence.

Au temps des télégrammes, il y avait quelque chose de romanesque dans l'économie de paroles. Il fallait réfléchir, préparer, se projeter dans la lecture du destinataire, dans l'émotion suscitée. Mais aujourd'hui, un style télégraphique révèle surtout une certaine forme de mépris. Cela s'apparente davantage à une note administrative. C'était peut-être pire que de ne rien envoyer. C'était un petit coup de poignard de plus.

J'aurais pu écrire à Clémence que je pensais à elle, qu'elle me manquait. Mais ce n'était pas vrai. Et surtout, je voulais aller vite. Une corvée dont il fallait me débarrasser, comme je me débarrassais de toute considération pour elle et les enfants dès que je m'éloignais d'eux. Je basculais ainsi dans un autre univers, où j'étais enfin délesté de ces lourdes attaches. Ces petits cailloux semés pour témoigner son affection sont de toute façon tellement dérisoires.

C'était pareil pour les coups de fil. D'une fois par jour il y a des années, je n'appelais plus qu'une fois par déplacement, ou une fois par semaine, pour ne pas avoir l'esprit continuellement envahi. Au moment le plus approprié pour moi. Si cela tombait quand Clémence préparait le dîner ou quand elle était occupée avec les devoirs, tant pis pour elle ! Si elle téléphonait, je répondais si sèchement que cela la dissuadait de recommencer. Le plus souvent, je ne répondais même pas du tout, pas plus que je ne répondais à ses messages du soir avant au moins le lendemain après-midi. Alors, elle n'avait pas d'autre choix que de décrocher quand je l'avais décidé si elle souhaitait préserver un semblant de contact avec moi.

Je ne cherchais pas à la déranger. C'était juste l'heure où je m'ennuyais le plus. Tout le monde était occupé. Et elle était la seule à être obligée d'accepter l'horaire ne convenant à personne. Il lui arriva cependant de plus en plus souvent de laisser sonner dans le vide à l'heure où elle était attablée avec les enfants. Et je compris ainsi que j'avais perdu une part de mon pouvoir sur elle. D'autres fois, je promettais de téléphoner le soir, après le dîner. Et je ne téléphonais pas. Finalement, je faisais autre chose. Ou j'oubliais. Mais je savais qu'elle avait attendu. Celui qui aime, c'est celui qui attend. L'autre dispose. Et je disposais.

Finalement, dans chacun de mes faits et gestes passés, dans chacune de mes attitudes, je n'avais jamais été moi-même. Souvent, je ne m'en rendais même plus compte. Et je ne parvenais pas à déterminer ce que je désirais vraiment. Pour moi. Pas pour briller dans le regard des autres. Pour cela, je savais comment faire. J'étais même très fort. Tout se mélangeait, les envies, les faux élans, les souvenirs, les feintes. Ma nature intime et la posture adoptée depuis des années. La posture de l'entrepreneur dynamique. La posture du père attentif. Et surtout, la posture de l'amoureux, pâle copie d'un héros de littérature. Je m'étais senti vivant mais sans doute avais-je tout inventé.

En fait, je n'avais jamais aimé Clémence. J'aspirais juste à la séduire, à la voir m'appartenir. Elle n'avait été qu'un caprice. Le mariage, la maison, une place respectable dans la société. J'avais tout obtenu. Puis pris dans les rouages du jugement des autres, j'avais persévéré. Et idem pour les enfants. J'étais simplement fier de montrer que j'avais une famille. Comme mon frère. Comme tout le monde.

Clémence, elle, m'avait follement aimé, passionnément aimé. Mais elle avait compris au fur et à mesure que je l'avais menée sur une voie sans issue. Ni elle, ni les enfants, ne me transformeraient en homme sensible et responsable. Nous demeurerions chacun de l'un et de l'autre côté de la rive. Et rien, jamais, ne nous relierait vraiment. Personne n'empiéterait sur mon territoire, que je gardais si jalousement. Je tailladais sans cesse la corde qu'elle avait si souvent lancée vers moi. Je ne lui laissais aucune chance.

Je ne faisais plus aucun effort. Quand je rentrais, Clémence demandait des nouvelles. Je marmonnais quelques platitudes. Je ne racontais rien. Rien. Jamais. Il y avait de toute façon peu à raconter. Et ce peu ne la regardait pas. Elle s'évertuait néanmoins à amorcer le dialogue. Deux ou trois bricoles du quotidien, les activités des enfants, l'école, leurs sorties, leurs joies, leurs peines. Mais je ne l'écoutais qu'à moitié.

Devant Pierre et Pauline, elle alimentait la conversation, invitait l'un à parler du film vu la veille, l'autre de la visite au Louvre avec sa classe. Et pour le reste, des nouvelles d'amis communs, un peu d'actualité, un ouvrage lu, une exposition ou une pièce de théâtre repérée dans l'Officiel des spectacles. Mais dès que nous étions tous les deux, elle n'essayait plus de combler mes silences. Quand je l'ignorais, au lieu de tenter de discuter comme avant, elle prenait un livre ou une revue et ne levait plus les yeux vers moi. Elle restait dans ses songes. Se désolait-elle de la situation ou s'évadait-elle loin de nous ?

Je la sentais fragile. Elle en était même devenue un peu superstitieuse, espérant je ne sais quelle réponse, je ne sais quel réconfort. Elle tirait bon ou mauvais augure des éléments alentour, traquait les infinis détails susceptibles de nous porter préjudice, se rassurait en modifiant un ornement ici ou là, comme si cela permettait de tout réparer entre nous. Elle prenait garde à ce que les couteaux ne se croisent pas dans le tiroir de la cuisine pour parer à une dispute éventuelle, s'attristait d'un bracelet cassé si elle l'avait acheté lorsque nous étions ensemble. Elle se référait aux cycles du temps. Elle déplaçait les objets, en remplaçait certains par d'autres, privilégiait certains chiffres dans des calculs absurdes. Mais rien n'y faisait jamais.

Elle s'imaginait ainsi pouvoir instaurer un équilibre de chaque instant, empêchant toute intrusion propre à semer la confusion entre nous. Mais ce n'était pas tel accessoire, telle date, telle situation, notre entrave au bonheur. La seule chose à changer dans sa vie, ce n'était pas la décoration, ce n'était pas un bijou, ce n'était pas la couleur d'un sac de voyage. Non, le seul obstacle à notre amour ne venait pas de l'extérieur. Il était là, au milieu de nous, il faisait partie de nous. C'était moi. Moi et moi seul. J'avais tracé mon sillon. J'avais creusé une galerie. J'avais dévoré la pulpe. Clémence pouvait abattre tous les pommiers du monde. Le ver était dans le fruit.

Je m'étais rapidement lassé de ma première maîtresse. J'avais connu avec elle des heures rafraîchissantes et gratifiantes mais, finalement, ce petit goût d'interdit ne me distrayait plus. Cette femme m'ayant attiré grâce à son discours admiratif et son manque de discernement tenait des propos le plus fréquemment insipides. Au moins, avec Clémence, je devais manœuvrer habilement, défier son intelligence, et nos échanges étaient d'un tout autre niveau. Mais avec celle-là, la facilité des débuts n'avait engendré que l'ennui.

Pourquoi m'infliger cela plus longtemps ? D'un ou deux rendez-vous par mois, nous étions passés à un tous les mois et demi, puis de moins en moins souvent, et enfin plus du tout. Ces escapades ne m'avaient pas manqué quand elles avaient cessé. Je ne pensais plus du tout à cette femme, ni à cette relation clandestine sans aucun intérêt.

Longtemps après, dans un moment de nostalgie parfaitement puéril, comme s'il était possible de rattraper l'innocence et l'insouciance de ses jeunes années, j'avais recherché une ancienne camarade de fac avec laquelle j'avais eu un vague flirt à l'époque. Nous nous étions revus. Elle était divorcée. Elle avait connu une belle ascension professionnelle, possédait un vaste appartement à Paris, et poursuivait ses affaires lui rapportant toujours plus.

Je lui ai servi le scénario classique pour plaire à une femme sans rien promettre. Le succès de ma société, un mariage dont ne subsistait plus qu'un fond de tendresse et un quotidien pesant. Un pacte informel avec une épouse m'autorisant une grande disponibilité. Et l'excuse de la famille interdisant la moindre considération, même lointaine, même floue, d'une séparation. Il n'y a plus vraiment de lien entre ma femme et moi. Je reste pour les enfants. Mais chacun a sa vie. Le baratin habituel cette fois. Parce qu'avec la première, erreur de débutant, j'avais prétendu être célibataire. Et, bien que mariée, mais avec un homme très occupé, elle était devenue un peu trop insistante et envahissante.

Il n'y avait donc pas matière à discuter. C'était une constante de l'équation me dispensant de toute explication éventuelle à venir. Mais cela arrangeait bien cette amie, n'envisageant pas de s'engager dans autre chose qu'une aventure, tenant à son indépendance, et profitant de sa liberté retrouvée après une longue décennie auprès d'un mari étouffant.

Nous dînions chez elle au champagne, puis je rentrais dormir à la maison. Nous partions parfois pour deux ou trois jours en milieu de semaine dans un relais et château. Par prudence, je fixais au moins une rencontre dans les parages avec un libraire. Et nous avons même réussi à nous échapper certains week-ends à Londres et à Barcelone.

Au fil des semaines, je lui ai laissé entendre avoir besoin d'argent, n'avouant pas mes problèmes financiers, mais évoquant un investissement pour développer mon entreprise. Elle n'a pas hésité à sortir son carnet de chèque. De combien as-tu besoin ? J'ai indiqué une somme très conséquente. Elle a inscrit le montant, signé, détaché le chèque et me l'a tendu. Six mois, cela te suffira-t-il pour avoir les moyens de me rembourser ? Six mois, c'est parfait.

Un an après, je ne lui avais pas rendu un centime. Elle a commencé à s'impatienter. Nos rendez-vous s'étaient espacés. Une autre forme de routine, différente de la routine familiale mais plus insidieuse, s'était installée. Le champagne ne pétillait plus autant qu'au début, les auberges de luxe se ressemblaient toutes.

J'ai la main en sang. J'ai empoigné le bouquet pour le jeter dans la poubelle. Et les épines m'ont lacéré la paume et les doigts. Saletés de fleurs qui font du mal, même mortes ! J'ouvre le robinet et regarde l'eau couler sur mes plaies. C'est frais. Ça anesthésie la douleur.

Un cadeau empoisonné offert par un ancien camarade de fac de Clémence, affublé d'une épouse à la conversation lénifiante. Mon cher amour, évidemment, n'osait pas leur avouer que leur présent, invariablement le même, ne lui plaisait guère. Elle les remerciait toujours avec un sourire poli. Elle était bien élevée.

Je redoutais ces dîners. Juste avant le dessert, j'avais droit à la question rituelle de la part du mari. Et ta boîte, ça marche bien ? Je ne me plains pas. Était-ce simplement pour prendre gentiment des nouvelles et lancer un nouveau sujet quand les autres se tarissaient, ou l'opportunité d'enchaîner sur ses propres performances et la valorisante évolution de sa carrière ? Il gravissait progressivement les échelons. Et ils m'observaient tous, les amis des fleurs coupées et les autres, avec ce petit air à la fois d'étonnement enthousiaste, de perplexité et de pitié. Bon, je vais rechercher du vin.

En réalité, la période n'était pas à la fête. Mon entreprise était au fond du gouffre. J'avais dû affronter une très sérieuse concurrence. Une autre plateforme avait été créée, financée non plus par les commissions mais par un forfait annuel. Le tarif très bas avait attiré de nombreux libraires, considérant qu'il y avait peu à perdre même si elle ne se développait pas.

Mais elle s'était développée, très bien développée. Et conformément à mes mises en garde auprès des professionnels, le coût de l'abonnement s'était envolé. Cette société avait tout simplement peaufiné mon idée, profité de l'émergence des réseaux sociaux pour s'imposer, ce que j'avais négligé de mon côté, et instauré de surcroît un système de remboursement en cas de litige. Les clients ne prenaient donc aucun risque. Au moindre mécontentement, ils récupéraient la somme engagée. Avec mon système, ils devaient s'adresser directement au libraire s'ils n'étaient pas satisfaits.

Car je n'étais qu'un intermédiaire. Et la nouvelle plateforme faisait office de revendeur en quelque sorte, puisant dans les stocks de livres d'occasion de la France entière. Elle était ainsi rapidement devenue incontournable. C'était un autre type de fonctionnement dans le monde des affaires. Créer un service peu onéreux au début, le rendre indispensable, puis imposer des tarifs élevés.

Les libraires ont donc continué à payer et se sont, pour beaucoup, progressivement retirés de mon site. Ils exposaient toujours le même raisonnement. En vendant sur l'autre plateforme, il n'y avait pas de commission à régler une fois le forfait acquitté. Il était donc plus intéressant pour eux de mettre leurs ouvrages à disposition uniquement chez le concurrent. Cela avait pourtant été pour moi au départ un argument d'adhésion. Pas de vente, pas de frais. Tout s'était inversé dans la nouvelle logique commerciale.

Plus l'autre société s'était déployée, plus les visites sur mon site s'étaient raréfiées. Après quelques années, elle était en train de remporter le marché et de s'octroyer le monopole. Ma plateforme avait été abandonnée et mon entreprise, déjà moribonde, venait de déposer le bilan. Mais comment annoncer cet échec à tous ces gens, à ces étrangers ? Et comment l'annoncer à Clémence ?

J'éponge les traces de sang dans l'évier. J'enroule ma main dans un torchon. C'était bien la peine de faire attention à nettoyer toute trace de mon forfait pour me blesser si bêtement.

Le soleil baisse sur l'horizon. La lumière filtrant à travers les volets est plus chaude. J'entends quelques rumeurs au loin. C'est l'heure, et la saison, où les voisins prennent l'apéritif dehors. Ils sont rentrés du travail. Ils ont embrassé les enfants, retiré leur cravate. Ils se posent quelques minutes sur le canapé. La journée est terminée. Et déjà demain, il leur faudra recommencer, toujours recommencer.

D'autres sortiront pour s'installer à la terrasse d'un café. Réunions de collègues présomptueux. Amitiés ostentatoires, bruyantes ou ambiguës. Couples en devenir, les premiers arrangements avec la réalité, sourires factices, paroles empruntées, avant les reniements et les trahisons. Tous, chacun dans leur genre, affligeants de banalité.

Ceux qui n'ont plus à s'adonner à ce jeu inepte se félicitent de leur journée. L'un a négocié un contrat important. L'autre a cloué le bec à un collaborateur arrogant. Un troisième a épaté la galerie avec sa nouvelle voiture. Puis leur douce épouse sort une bouteille. Allons prendre un verre dans le jardin !

Je me sers un scotch. Je vais trinquer avec eux, avec ces fantômes de l'existence endormis jusqu'à la mort. Je trinque à la mémoire de Clémence, de

Pierre, et de Pauline, endormis eux aussi, enveloppés de leur linceul, à quelques mètres de moi. Ma première soirée seul. Hier, nous étions encore ensemble. J'ai l'impression que c'était il y a un siècle.

J'ai faim. Il ne reste rien. Tout est parti à la poubelle. Je rouvre les placards. Je cherche. Vérification minutieuse. Les placards du haut. Plus rien. Les placards du bas. Plus rien non plus. Je me baisse tout de même. Toujours rien. Je penche la tête à la recherche des angles morts. Et je découvre, caché dans un coin, un petit paquet d'amandes grillées.

C'est bien ma chance ! Je déteste ça. Mais je dois manger quelque chose, n'importe quoi. L'alcool me brûle l'estomac. J'ai la tête qui tourne. Surtout ne pas tomber d'inanition si près du but. J'essaie d'ouvrir le paquet. Il se montre très hermétique. Très bien ! Aux grands maux les grands remèdes ! Je donne un coup de ciseaux. Et j'avale enfin quelques amandes. C'est fade. Elles ne sont même pas salées. Aucun additif. Du carton croquant très légèrement amer.

C'était l'en-cas préféré de Clémence. Il faut vraiment avoir des goûts bizarres ! Elle en grignotait quotidiennement une minuscule poignée à l'heure de l'apéritif. Elle achetait toujours un paquet d'avance. Je devrais la remercier de tant de précaution pour m'aider à accomplir mon office jusqu'au bout.

Je me force à liquider la totalité des cent grammes de ce fruit sec aux vertus, paraît-il, merveilleuses.

Riche en nutriments essentiels. Mais il contient également un peu de cyanure. C'est comme les fleurs avec les épines. Toujours une menace rôde sous des apparences attrayantes. Voilà ! La dernière amande. C'est fini.

Je me revois à la campagne quand ma mère me demandait de terminer mon assiette. Elle n'adressait en revanche aucune remarque à ma sœur qui, pourtant, picorait à peine. J'étais un peu jaloux. Marie, ce n'était pas par effronterie, ou parce qu'elle n'appréciait pas le menu du jour. C'était plutôt pour disparaître, pour se rendre invisible, surtout sur le chemin passant par le terrain du voisin pour gagner la forêt.

Ma pauvre mère ! Qu'aurait-elle pensé de toute cette histoire ? Elle adorait ses petits-enfants. Et elle aimait Clémence comme sa fille. Elle la défendait même contre moi, comme elle défendait avant ma sœur qui mangeait si peu. Ce n'était pas juste. Mais là où elle est, plus rien ne peut l'atteindre.

Nous l'invitions souvent le dimanche pour le déjeuner. Je passais lui rendre visite de temps en temps. Je réparais une lampe, je remplaçais un joint, je lui apportais quelques courses. Elle s'ennuyait depuis qu'elle avait pris sa retraite. Elle suivait des cours d'histoire de l'art. Elle voyageait aussi. Mais seule, mon petit, plus rien n'a de saveur. Je me distrais, je tue le temps. Profite ! Profite de tous les moments auprès des tiens ! Était-ce un avertissement ? Avait-elle découvert avant moi le danger que je représentais ? Avait-elle perçu les turpitudes de mon âme ? Et que Dieu te protège du malheur ! Elle ne se plaignait pas. Mais la tristesse avait tout envahi.

Le dernier réveillon de Noël avec ma mère remonte à un an et demi. Mon frère, sa femme, et leur fille se sont joints à nous. Clémence avait décoré la maison. Le sapin dans le salon, orné de guirlandes et de cheveux d'ange en laine de verre. Et sur la cheminée, la crèche surplombée d'un ciel bleu marine et de l'étoile guidant les mages.

Nous avons bu du champagne. L'atmosphère était chaleureuse. Ma mère souhaitait se rendre à la messe de minuit qui avait lieu, en fait, à dix heures. Nous avons enfilé nos manteaux et nous sommes partis dans la nuit. Il avait neigé. Les rues étaient presque désertes, les bruits amortis. Les voix joyeuses, les rires des enfants.

Dans l'église, il faisait froid. Ma mère réchauffait les mains de Pauline en les frottant dans les siennes. Clémence a donné son écharpe à Pierre. Mon frère et sa femme partageaient la même feuille liturgique, l'un et l'autre pointant mutuellement le passage à consulter. Ma nièce a réussi à ne pas sortir son téléphone portable de sa poche pendant une heure entière. J'avais moi-même tout oublié. Mes problèmes d'argent, mes échecs professionnels, l'illusion d'être un homme authentique aux yeux de ma famille, aux yeux de tous.

C'était un moment de quiétude, de tendre complicité, de bonheur discret. Cela m'évoquait les Noëls à la campagne. Trois générations réunies. Mes enfants se rappelleraient-ils à leur tour ce soir-là quand, devenus parents, ils célébreraient Noël en famille ? Se rappelleraient-ils les chants et ces cierges allumés comme autant de prières ?

Puis nous sommes rentrés et nous avons dîné. Clémence semblait songeuse. Elle était prévenante, souriante, mais elle avait parfois ce même regard que celui de ma mère depuis la mort de mon père. Comme si, tout à coup, pendant quelques minutes, l'absence prenait toute la place, bref passage vers un autre monde. Peut-être Clémence faisait-elle à sa manière déjà le deuil de l'homme qu'elle avait épousé, ne reconnaissant plus en moi celui qu'elle avait aimé. L'idée m'a furtivement traversé l'esprit. Mais je l'ai chassée aussitôt.

À minuit, Pauline a déposé Jésus dans la crèche. « Sur les habitants du pays de l'ombre, une lumière a resplendi », a récité ma mère. Les jours allaient rallonger et la lumière l'emporter ainsi peu à peu sur les ténèbres, symbolisant la victoire du jour sur la nuit, de la vie sur la mort. Cette parole d'espérance me serra le cœur. Plus aucune perspective ne s'offrait à ma mère, mais elle gardait un élan, une tendre ferveur.

Nous avons ouvert les paquets. Nous ne le savions pas encore mais nous étions tous réunis pour la dernière fois. Ma mère s'est éteinte quelques mois plus tard. Mon frère a trié les affaires, récupéré les albums dont celui où figuraient les photos de notre sœur. Il a gardé le dernier flacon de parfum offert par notre père, et leurs alliances. Nous avons vendu le reste.

À Noël dernier, mon frère est resté à Caen. Il a passé le réveillon chez les parents de sa femme. Sa fille allait avoir dix-huit ans. Et elle quitterait sans doute bientôt la maison. Nous étions juste tous les quatre, Clémence, Pierre, Pauline, et moi. Pas de messe de minuit. C'était un peu mélancolique. Les enfants avaient grandi. La magie s'était définitivement évaporée.

De magie entre Clémence et moi, il n'y en avait jamais eu. J'avais tout abîmé dès le début. Surtout ne rien dire, ne rien livrer, ne rien partager. Compartimenter sans relâche. Ce n'était pas une volonté déterminée. Une petite chose, puis une autre. Puis une autre encore. Et tout un pan de mon existence. Qui suis-je aujourd'hui ?

Ma seule force est de me cacher. Mon seul refuge. Tout cacher. Toujours. Ce n'est pas difficile. Cela exige seulement un peu d'organisation. Et un peu d'entraînement. Ne pas laisser mon téléphone portable sur un meuble, ou alors face contre la table, au cas où une notification s'afficherait sur l'écran. Le garder dans une poche, invariablement sur le mode silencieux. Écrire les messages en profitant des absences, même courtes, de Clémence, quand elle va dans la cuisine ou dans le jardin, sinon en trompant sur le nom du destinataire, ou plus précisément sur celui de la destinatrice, mon frère, ma mère, quand j'adresse un mot à quelqu'un dont je souhaite taire l'identité.

Allouer un ordinateur personnel à mon activité professionnelle, conserver les documents sensibles exclusivement sur celui-ci. Bien sûr, Clémence n'était pas dupe. L'expression de son visage en disait davantage que bien des mots. Mon Dieu ! Comme tu te donnes du mal pour te dissimuler, combien de pauvres ruses élaborées ! Comme cela doit être épuisant !

Les premières années, elle me questionnait parfois, l'air de rien. Je répondais de manière évasive. Je mentais. Elle n'insistait pas, sachant que je ne lâcherais rien. Nier. Toujours nier. Même devant l'évidence. Ne jamais admettre ma duplicité, mes manigances, mes manquements. Et inverser les rôles. Je n'y suis pour rien. Seules ses réactions plombent l'atmosphère. Elle est l'unique responsable. Technique imparable. Ne rien céder.

Ensuite, elle avait agi quelque peu différemment. Ses yeux me suppliaient. Une fois, juste une fois, dis-moi la vérité ! Dis-moi que toute notre histoire ne se résume pas à une lamentable comédie. Et j'en venais à m'interroger. Attendait-elle vraiment un aveu ou souhaitait-elle vérifier si je serais capable un jour d'être franc et sincère ? Comme si elle tentait de me sauver, de nous sauver. Je soupçonne qu'elle aurait même été prête à me pardonner. Mais je n'allais pas fléchir. Je n'allais pas avouer. Et encore moins demander pardon.

Gardait-elle alors encore ce fol espoir ? Ou me testait-elle par acquit de conscience ? Dans une vaine expectative de quelques secondes, de quelques minutes ? Pour finalement réaliser que je la décevais perpétuellement. N'admettrait-elle donc jamais qu'elle n'avait aucune prise sur moi ? Elle ne comptait pas. Elle n'avait jamais compté. Elle avait juste été là à un moment où j'étais seul, à un moment où j'en avais eu besoin, où j'avais un manque à combler. Si elle ne m'avait pas cru à l'époque, nous ne serions pas restés enferrés dans cette misérable illusion.

Puis, ça s'est calmé. Tu ne cherchais plus à savoir, ma Clémence, tu ne cherchais plus à comprendre. Surtout les derniers temps. Je pensais que tout allait enfin se dérouler selon mes propres volontés. Ne jamais me livrer, c'était à prendre ou à laisser. En fait, tu avais rendu les armes. Tu avais commencé à cesser de m'aimer.

Oui, tu avais commencé à cesser de m'aimer. Tu étais plus distante. Et je m'en accommodais fort bien. C'était un si grand soulagement. J'avais vaincu ta résistance. Enfin, tout s'apaisait. J'avais même cru à une nouvelle lune de miel. Tu avais capitulé. Mais pas de la manière dont je l'imaginais. J'étais cependant étonné car tu n'étais plus aussi caressante lorsque nous nous couchions le soir. Mais cela aussi m'arrangeait. Je n'avais plus à inventer mille justifications à mon désir évanoui. Pour toi et pour les autres. Après les premiers temps, je me passais aisément des plaisirs de la chair. Tu étais la plus désirable. Mais même toi, je ne te désirais plus. C'était ainsi.

Je t'espérais enfin à ma merci. Je croyais avoir gagné. J'étais en train de te perdre. Tu n'argumentais même plus. Tu ne voulais plus te battre, parce que ça ne valait plus toute cette énergie dépensée. Tu avais déjà fui. Tu avais fui notre maison. Tu avais fui notre histoire. Heureusement, personne n'avait remarqué ton éloignement dans tout ce qui nous touchait. Pour l'entourage, les amis, les voisins, rien n'avait changé. Nous étions toujours ensemble. Nous étions toujours une famille. L'honneur était sauf.

Mais pouvais-je raisonnablement te laisser tout anéantir ? Pensais-tu que tu avais le droit de cesser de m'aimer sans avoir à en subir les conséquences ? Je vous avais tout sacrifié à toi et aux enfants. J'avais effectué de nombreux calculs. Cela m'avait coûté beaucoup d'argent et beaucoup de temps. Que m'ont donné les enfants en retour ? Pierre a pour seule occupation de sortir avec ses copains et ses copines. Pauline s'isole pendant des heures avec son violon qu'elle préfère à notre compagnie.

Et toi ? Toi, Clémence ! Au lieu de me chérir et d'accepter les règles en rigueur dans mon foyer, comme n'importe quelle épouse reconnaissante, tu gardes maintenant le silence. C'est ta grande force, le silence. Plus un mot. Plus une question. Car tu sais que je vais te mentir. Et mes mensonges te blessent et te tuent à petit feu. C'était exaspérant avant, mais cela prouvait au moins que tu t'intéressais à moi. Mais non ! Désormais, rien d'autre que des échanges ternes du quotidien. Après tout, j'avais enfin la paix. Cela m'aurait convenu si cette attitude n'avait pas traduit ton renoncement à nous.

Je devais en tirer les conclusions. Je n'avais pas le choix. T'éliminer de ma vie, d'une manière ou d'une autre. Si tu t'étais plié à ma loi, nous aurions été heureux. Je ne demandais pas l'impossible, juste un peu de gratitude, un légitime retour sur investissement. J'étais un bon mari, un bon père. Et tu m'as obligé à tout reconsidérer. Nous ne pouvions pas continuer ainsi. Tout est de ta faute.

J'aurais été si tranquille si je ne t'avais jamais rencontrée, si les enfants n'étaient jamais nés. J'aurais pu mener grand train et avoir une belle vie. Je me suis trompé de route si longtemps. Alors, partir, oui. Mais pas avec ce fardeau sur les épaules, pour le traîner jusqu'à la fin de mes jours. Il fallait tout abolir. Tout brûler. Une purification.

Je retourne dans le bureau. L'ordinateur est resté en veille depuis leur dernière nuit. J'effleure la souris, et une photo de vacances en fond d'écran réapparaît. Je scrute leurs visages, un à un. Clémence, si émouvante, Pierre, si souriant, Pauline, si fragile. Ils ont une mine rayonnante. Le ciel est d'un bleu insolent. Je pourrais presque entendre leurs voix, surtout celle de Clémence, délicate, musicale, souveraine.

C'était il y a quatre ou cinq ans. J'étais déjà sur le fil depuis longtemps. Je cherchais des solutions. Après avoir pris cette photo, ils se sont tous collés contre moi pour la découvrir sur le téléphone. J'ai senti leur présence et leur joie si intimement que j'ai eu envie de laisser tomber ma société, de revenir vivre à la maison, de trouver un emploi à côté. Mes absences saccageaient tout. Elles portaient préjudice à ma famille, désagrégeaient ma situation financière, me rendaient apathique et sinistre. Quand nous étions ensemble, c'était si simple. Clémence et les enfants m'insufflaient du courage. Ils éclairaient l'horizon.

Jusqu'à la rentrée, j'ai réfléchi à la question très sérieusement. J'entrevoyais une lueur au bout du tunnel. J'en ai même touché deux mots à Clémence. Elle était ravie, mais n'osait trop y croire. Elle m'avait attendu depuis tant d'années. Mais dès septembre, je suis reparti sur les routes. Sans regret. J'ai enterré cette idée. Et avec elle, toute chance de rédemption.

Le temps a passé. Je ne connaissais pas l'échéance exacte, mais tout serait fini avant l'été. Je leur avais raconté que j'avais loué une maison au bord de la mer dans le sud de la France. Je leur avais même montré des photos téléchargées sur internet. Le quotidien asservissant, les dettes, la tiédeur nouvelle de Clémence. Tout s'achève enfin.

Le week-end dernier, j'ai commencé à creuser la terre dans le jardin derrière la maison. L'endroit est sans aucun vis-à-vis, parfaitement protégé d'éventuels regards des voisins trop curieux. J'avais annoncé vouloir faire construire une piscine et prendre de l'avance sur les travaux. Clémence s'y est opposée. Cela représentait beaucoup de frais et l'argent manquait. Et il n'y a pas la place ! Ce ne sera pas une piscine, mais un bassin. À quoi bon si on ne peut même pas nager ?

Les enfants n'étaient pas enthousiasmés non plus. Il ne faisait pas assez beau à Versailles pour en profiter plus de deux ou trois mois par an. Leurs remarques m'ont agacé. On veut leur faire plaisir et ils ne sont jamais contents. Pierre s'inquiétait de savoir si son coin de jardin garni de fleurs et de plantes aromatiques serait épargné. Il s'en occupait pourtant beaucoup moins depuis l'adolescence. C'est toujours quand on est sur le point de perdre quelque chose que naît un regain d'intérêt. C'est d'ailleurs ce que je lui ai répondu.

Pauline a soutenu son frère, comme d'habitude. Ah, ils s'entendaient bien ces deux-là ! Elle a râlé contre le bruit inévitablement engendré par un tel projet, en plein été, quand les fenêtres sont ouvertes. Elle devait travailler son violon. C'était déjà bien assez de perdre juillet pour des après-midi à la plage. Août allait être bousillé aussi. Elle détestait se baigner. Elle l'avait décrété depuis peu. Elle arrivait à un âge où l'on s'enferme dans sa chambre, avant l'envie quelques années plus tard de parcourir le monde, sans les parents sur le dos.

J'en avais presque oublié le véritable but de l'opération. J'ai creusé, et encore creusé. À la fin de la journée, Clémence est venue m'apporter une bière fraîche. Arrête, il est tard ! Et si tu tiens vraiment à cette piscine, les entrepreneurs assureront la réalisation des travaux dans leur totalité. Tu ne vas pas t'épuiser à la tâche. Oui, tu as raison. Merci, ma chérie. L'espace libéré était déjà assez grand de toute façon.

La lumière décline encore. La pénombre gagne. J'appuie sur quelques touches et l'ordinateur se vide de toutes ses données. Les fichiers, les historiques, les logiciels installés, il ne reste rien. À la place de la photo de famille, un écran noir.

Je sors le classeur en métal aux dossiers suspendus de dessous le bureau. Je l'ouvre. Les relevés de banque, les contrats, les fiches de paie, les factures, les cartes d'identité. Je passe tout au destructeur de documents. Certains de mes problèmes se réduisent désormais à de fines bandelettes. C'est long. Je dois arrêter l'appareil régulièrement, dès qu'il chauffe trop. Je patiente. Puis je recommence. C'est bruyant. Je me concentre pour porter mon attention ailleurs.

Parmi les papiers administratifs, je trouve le contrat de vente d'une maison achetée après l'été où j'avais envisagé de revenir auprès des miens. Qu'en faire ? Le conserver, l'emporter ? Non, ce n'est pas prudent. J'insère chaque page dans le broyeur.

C'est une maison perdue au cœur des Cévennes, à sept cents kilomètres du village où j'ai grandi. J'avais vu une annonce dans un journal local, après un rendez-vous chez un libraire dans la région. Je n'avais pas l'intention d'acquérir un bien. Je l'avais juste visitée pour occuper une partie de l'après-midi. Et j'ignore pourquoi, mais j'ai décidé de l'acheter. Je n'en ai parlé à personne.

C'était une petite bâtisse en assez mauvais état, au bout d'un chemin. Elle ne coûtait presque rien. Elle appartenait au dernier membre très âgé d'une famille sans héritier. D'ici peu, elle reviendrait à l'État. Et l'homme préférait la brader pour profiter de cet argent avant de mourir. Parfaitement seul, dans l'impossibilité de se déplacer, privé de la plupart des agréments de l'existence, il comptait s'offrir de grands crus pour adoucir, dixit l'agent immobilier, les derniers mois de son passage sur cette terre.

J'avais extrait la somme de mes comptes d'entreprise de manière opaque, pour éviter de la déclarer aux impôts. J'avais créé une société fictive au Luxembourg. Ainsi, mon nom n'apparaissait nulle part.

J'y suis allé quelques fois au début, prétextant des déplacements professionnels, pour y faire des travaux. Les beaux jours sont arrivés. La maison était devenue présentable. Une résidence secondaire pour notre famille. Ou un endroit à moi, à l'abri de tous. Je n'avais pas encore tranché.

Clémence aurait sans doute été enchantée. Nous avions parfois passé quelques vacances dans les Cévennes. Et elle appréciait toujours de séjourner dans cette région découverte, petite, avec ses parents. Mais il m'avait soudain semblé périlleux de motiver une telle dépense. Je m'étais servi dans la caisse plus ou moins légalement. Elle émettrait des doutes sur d'autres transactions. Nous vivions déjà majoritairement sur son salaire. Ce n'était pas le moment d'attirer l'attention.

D'autre part, je pouvais difficilement me confier à Jacques et Sébastien. Ils me prêtaient de l'argent régulièrement. Comment expliquer un achat aussi superflu alors que j'avais du mal à boucler les fins de mois ? Et Jacques risquait de débarquer souvent, ou de louer un logement de vacances dans le coin. Alors, je me suis tu.

Les gens croisés dans le village au début me connaissent sous un nom d'emprunt, choisi au hasard. Ils me croient célibataire et sans enfants. Ils m'ont rarement revu depuis lors, à part à la terrasse du café certains soirs, quand l'obscurité brouille les traits des visages. J'étais allé chez l'épicier. Vous livrez ? Oui, bien sûr. Vous avez même la possibilité d'effectuer les achats en ligne sur notre site. Vous indiquez l'adresse et un créneau horaire. Parfait ! J'habite la maison sur la route au-dessus, au bout du chemin. Ah ! Depuis le temps qu'elle était abandonnée ! C'est bien.

J'ai réussi à glisser que je n'y serais pas à l'année mais que j'y viendrais régulièrement. C'est pour l'inspiration, vous comprenez ? L'inspiration ? Oui, je suis écrivain. La nouvelle a dû faire le tour du bourg. Mais personne ne s'est renseigné sur mes livres imaginaires. Personne ne m'en a jamais demandé un titre. Je suis resté dans le flou. Je suis un excentrique des villes venu se ressourcer à la campagne. Ils ne vont pas chercher plus loin.

J'ai poursuivi les travaux de la maison. Puis j'y suis retourné deux ou trois fois par an, pour l'entretenir un peu, et plus souvent ces derniers temps. L'épicier déposait devant le portail les courses commandées sur internet. Je restais à l'intérieur. Ou je lui faisais un signe de la main, de loin, quand j'étais dans le jardin. Il doit parfois dire un mot sur moi à ses clients. Je fais partie du paysage.

Il suffira de me faire pousser un peu les cheveux, et une barbe de trois jours, de remplacer mes lentilles de contact par des lunettes. Si un jour, un mandat est lancé contre moi avec mon portrait, personne ne fera le rapprochement.

J'avais informé Jacques et Sébastien de notre départ pour le Canada il y a quelques semaines. C'est un secret. Une surprise pour Clémence. Tout l'été. Et peut-être une installation là-bas pour les mois suivants. Ils ne seront donc pas étonnés et ne déclareront aucune disparition inquiétante.

Jacques était très affecté, mais j'ai réussi à le raisonner. C'est temporaire. Je ne t'oublie pas. Et il n'est pas complètement seul, il a sa mère. Sébastien s'est remarié. Il est heureux. Certes, il ne verra plus mes enfants. Je n'allais tout de même pas les épargner pour son bon plaisir. Dans le fond, ils comptaient pour lui plus que moi. Notre amitié n'aurait peut-être pas traversé les années sans eux. Je ne lui devais rien.

Depuis la soirée d'anniversaire de Pierre lors de laquelle Jacques s'était tristement illustré sous l'emprise de l'alcool, lui et moi avions pris l'habitude de nous retrouver désormais, à quelques exceptions près, à l'extérieur ou chez lui, et le plus souvent sans Sébastien. C'était pour moi un alibi bien pratique.

Encore récemment, j'avais eu besoin de me libérer pour un rendez-vous clandestin. D'habitude, Jacques, le fidèle, le dévoué, me servait donc de couverture. Mais cette semaine-là, il était en vacances avec sa mère. Alors, j'avais raconté que je passais la soirée avec Sébastien. Il devait m'aider à remanier le site de mon entreprise. J'avais commis la fatale erreur de ne pas l'avertir. Mais c'eut été délicat. Il m'avait prévenu il y a longtemps. Tu fais ce qui te chante mais ne me mêle pas à tes combines ! Tu me laisses en dehors de tout ça ! Dont acte. Clémence ne vérifiait jamais. Mais le sort m'avait été particulièrement cruel cette fois-là.

Peu après, Sébastien est venu dîner à la maison avec sa femme. Nous échangions quelques nouvelles. Les enfants étaient contents. Le vin était excellent. Nous avons entamé le dessert. Pierre parlait cinéma et défendait la version originale au détriment de la version française, même lorsqu'il ne connaissait pas la langue d'origine. Question d'atmosphère ! Pauline était d'accord. Clémence aussi. Sébastien s'est alors adressé à elle. Et tu as visionné le documentaire dont je t'ai envoyé le lien l'autre jour ? Pas encore ! Je compte le faire ce week-end. Tu vas voir, c'est formidable ! Sa femme a froncé les sourcils, cherchant dans sa mémoire. De quel film s'agit-il ? Celui que nous avons regardé jeudi soir, sur Saint Louis. Elle a enchéri. Ah, oui ! C'était passionnant.

Jeudi ! Précisément le soir où j'avais prétendu être avec Sébastien. Quand j'étais rentré au début de la nuit, Clémence n'avait rien demandé. De toute façon, elle n'aurait rien obtenu. J'aurais adopté ma posture outrée, irritée par sa jalousie. Je lui aurais asséné que, si elle ne me croyait pas, je ne pouvais rien faire pour elle, comme pour lui signifier que la pauvre était la seule responsable de ses propres tourments. Elle s'inventait des souffrances inutiles et je n'étais pas qualifié pour soigner ce genre de dérive psychologique.

J'ai frémi. Combien de fois avait-elle su en gardant le silence ? J'étais jusque-là persuadé d'être irrécusable. J'inspirais de la suspicion mais, sans preuve contre moi, je l'emportais toujours. Et cette bribe de conversation, pourtant anodine, m'apprenait que j'avais sous-estimé mon adversaire. J'avais failli.

Clémence m'a alors fixé, sans un mot, impériale. Et j'ai entendu ce qu'elle n'a pas prononcé. Tu vois, je n'ai rien dit l'autre nuit. Et je ne dis rien ce soir. Parce que c'est inutile. Parce que sinon tu vas nier, tu vas hurler, tu vas m'humilier et, si ça ne suffit pas, tu vas menacer de me quitter. J'encaisse tout. Mais je sais. Je sais qui tu es. Je sais ce que tu me caches. Elle aurait pu faire une scène, me balancer le mensonge à la figure, mais elle est restée digne. Elle s'est levée. Pas de café ? Je vous sers un digestif ?

Les invités partis, les enfants dans leur chambre, au lieu de m'avouer vaincu, j'ai essayé de me justifier. J'ai balbutié n'importe quoi. Cela n'a fait qu'envenimer la situation. Clémence avait toujours ce regard perçant, et à la fois détaché. Tu ne cherches même plus à fabriquer des alibis plausibles. Tu ne te soucies même plus d'être crédible. Tu es pathétique. Je vais me coucher.

Notre anniversaire de mariage tombait le plus souvent en semaine, selon un calcul de probabilités logique des calendriers. Quand je rentrais ensuite, la date était donc passée et tout était réglé jusqu'à l'année suivante au moins. Je m'en tirais à bon compte en ayant envoyé un message bref évoquant l'événement. Clémence aurait bien aimé le célébrer en décalé, quelques jours plus tard. Mais cela ne me convenait guère.

C'était pareil pour ses anniversaires de naissance. Pour ceux des enfants, cela m'indifférait car elle s'occupait de tout. Mais pour les siens ! Toutes ces petites attentions à anticiper, pour transformer un jour comme les autres en un jour particulier, les efforts de fantaisie, les agapes, les cadeaux. C'était une corvée.

Nous n'avons pas fêté notre dernier anniversaire de mariage non plus. Pourtant, cette année, c'était un dimanche. Clémence en parlait depuis des semaines et s'en réjouissait à l'avance. Cette fois, je n'y couperais pas. C'était important pour elle. Et une dérobade de ma part aurait ajouté de la confusion à une ambiance déjà tendue. Nous avions prévu, selon son souhait, de partir en week-end en Italie. Cela me dispensait de la moindre once de créativité. Et pour le cadeau, je trouverais bien un truc vite fait sur internet.

Mais voilà ! Après un an sans nouvelles, j'avais reçu un message de mon ancienne maîtresse, l'amie de la fac. J'ai besoin de te voir. Elle avait ajouté une date, une heure, et le nom du bar d'un hôtel de luxe à Paris. Samedi, cela ne m'arrangeait pas. Puisque je devais justement être à Rome avec Clémence. J'ai essayé de caler le rendez-vous la semaine d'après. Sans succès. C'est urgent. Je pars ensuite à l'étranger. J'ai tenté de remettre encore. À ton retour de l'étranger, alors. Elle n'a rien voulu entendre. Non, ce sera trop tard. J'ai donc fini par accepter.

Que me voulait-elle ? S'excuser, me faire part de ses remords ? Elle m'avait quitté assez brutalement. Et elle souhaitait sans doute faire amende honorable. Même si notre liaison était déjà en train de s'éteindre d'elle-même. J'avais laissé traîner les choses et cette rupture m'avait en fait plutôt soulagé. Mais soit ! Autant considérer cette invitation comme une échappatoire, l'occasion de me divertir un peu.

J'ai donc dû user de détours avec Clémence. J'ai prétexté une mauvaise météo, envisagé la possibilité de repousser au week-end suivant. Ils ont annoncé de la pluie. Et il va y avoir un monde fou aux musées du Vatican. J'étais prêt à tous les stratagèmes. Clémence balayait mes arguments sans s'y attarder. Mais, non ! Il va faire un temps superbe. Et j'ai réservé des billets coupe-file. Elle insistait.

Dans les jours précédant notre départ, j'essayais toutes sortes de petites manigances. J'étais désagréable sans raison. Elle comprenait que j'avais déclenché mon plan. Elle a donc gardé son calme. Elle ne s'énervait pas, prenait tout avec légèreté. Je ne pouvais pas retourner la situation contre elle. Plus je cherchais l'affrontement, plus elle redoublait de gentillesse. La perfide ! Elle le faisait exprès.

Clémence, mon amour, tu t'adonnais à un jeu dangereux. Au début, c'était plus facile. Le moindre petit mensonge animait ton courroux. Calme comme tu l'étais cette fois-ci, je devais aller toujours plus loin. Plus tu te montrais compréhensive, plus je me surpassais dans la goujaterie. Mais mes efforts étaient vains. Elle restait impassible.

J'étais coincé. J'ai donc dû me résoudre à passer à l'étape supérieure. La veille au soir, j'ai employé une méthode plus frontale. Mauvaise nouvelle. Nous ne pourrons pas partir ce week-end. Un rendez-vous important avec un client. Elle n'a pas renoncé. Tu n'as qu'à le reporter. C'est impossible. Les affaires ne sont pas florissantes. Je ne peux pas me le permettre. Des anniversaires de mariage, nous en aurons d'autres. Mais si je mets la clef sous la porte, ce sera irréversible. C'est une priorité absolue. Un contrat à signer à Limoges.

Clémence a contre-attaqué. Limoges ? Tu y étais la semaine dernière. J'ai tâtonné. Oui, oui, bien sûr. Et je dois justement y retourner pour conclure les négociations. Tu feras l'aller et retour dans la journée ? Non, je rentrerai lundi matin. Tiens donc ! Le libraire travaille aussi le dimanche ? Clémence, je n'ai pas à te détailler mon emploi du temps heure par heure. Comment peux-tu avoir si peu confiance en moi ? Tu crois que c'est plaisant pour moi de t'entendre toujours douter ?

Elle a encaissé le coup. Et les enfants ? Quoi, les enfants ? Tu les as déposés chez Sébastien pour le week-end. Je vais aller les récupérer, alors. Non !

Je l'ai prévenu qu'il y avait un changement de programme pour nous, mais pas pour lui. Il leur a organisé des activités. Je crois même qu'il veut les emmener en Normandie car les parents de sa femme y ont un grand jardin. Et toi, tu n'as qu'à partir en Italie ! Elle était désorientée. Toute seule ? Pour notre anniversaire de mariage ?

Le dîner n'a pas été très joyeux. Nous nous sommes à peine adressé la parole. Le lendemain, j'ai avalé un café. J'ai pris mon petit sac de voyage et mon attaché-case. Bon, je suis navré, mais je dois y aller. Il y a un peu de route jusqu'à Dijon. Elle m'a regardé avec dédain. Dijon ? Je croyais que c'était Limoges. Je me suis emporté. Oui, c'est Limoges. Ah, tu m'embrouilles avec tes remarques ! Et tu me fatigues ! Après, il ne faut pas t'étonner que je préfère être loin de toi et de la maison. Et je suis parti en claquant la porte.

Je me suis rendu à Paris pour ce week-end que j'espérais un peu reposant, et même gratifiant. Mal m'en a pris, car ma charmante maîtresse ne m'avait pas préparé une tendre sérénade. Nos retrouvailles ont tourné court au bout d'une demi-heure. Elle m'avait convoqué pour exiger le paiement des sommes que je lui devais. J'ai feint d'être profondément offensé. Je te rembourserai. J'ai juste besoin d'un peu de temps. Nous avons passé de bons moments ensemble. Cela ne compte pas pour toi ?

Arrête avec tes boniments ! Tu me balades depuis un an ! Alors, je vais t'expliquer la suite. J'appelle mon avocat et je porte plainte. Et la prochaine étape, ce sont les huissiers. Je te laisse un mois.

Samedi. Il était midi. Le lendemain, c'était mon anniversaire de mariage. Et je ne pouvais pas rentrer chez moi avant lundi. Une pensée m'est venue à l'esprit. L'année prochaine, à la même date, je serai depuis longtemps délivré de ce sortilège.

J'en ai fini avec la paperasse. Maintenant les ordinateurs et les téléphones. Tout vider. Supprimer toutes les données de tous les appareils. Reformater les disques durs des ordinateurs. Gratter les numéros de série. Retirer les puces des téléphones, les détruire. Tout jeter.

D'abord, la tablette familiale utilisée par Clémence, et Pauline pour certains de ses devoirs. Avant de tout réinitialiser, je passe en revue rapidement la liste des courriers électroniques avec le nom des expéditeurs et les titres. Ah, il y a celui-ci. L'amie des fleurs coupées, il y a un mois. « Merci pour le dîner ». Dans un long développement, elle conseillait à Clémence de se méfier de moi. Selon elle, quelque chose sonnait faux dans ma manière d'être. Je ne suis pas surpris. Je percevais à travers ses sourires hypocrites une certaine animosité à mon égard.

En réponse, quelques jours plus tard, une lettre de confidences. Aujourd'hui, c'est notre anniversaire de mariage. Et je suis seule. Les enfants sont chez Sébastien. Et lui a annulé notre escapade pour le week-end la veille au soir du départ. Il a inventé un scénario à dormir debout. Je suis seule, et je n'en peux plus.

Aucune discussion possible. Je suis confrontée à un mur. Il n'admet aucune contradiction. Il se vante de sa froideur qu'il porte comme un gage de puissance. Quand j'appelle au secours, au lieu de m'envoyer une bouée de sauvetage, il me maintient la tête sous l'eau.

Plus aucun geste tendre. Plus aucune considération. Il ne me touche plus. Qui sont ces autres femmes qui éveillent encore le désir en lui ? Qu'ont-elles à lui offrir, si ce n'est le mystère et le frisson de grandes amours imaginaires et imaginées ? Est-ce un si grand pouvoir de ne régner qu'en dehors de la réalité immédiate ? De quels artifices usent-elles dans leur conversation et dans leurs apparats ?

J'ai tenu. Tous les couples traversent des phases difficiles. Je n'allais pas renoncer au premier problème. Et je l'aime. Ou du moins, je l'aimais. Mais cela ne l'intéresse pas. Il se sent en danger. Il pourrait être débusqué. Non, tout ce qui l'intéresse, c'est d'être flatté. Là, il renaît. Là, il a les yeux qui brillent. Là, il se sent important. Être flatté, c'est sa seule volupté dans la vie.

Rien ne l'émeut. Rien ne l'atteint. Rien qui ne console. Pas de répit. Il m'en veut de voir à travers le personnage qu'il s'est construit. Il m'en veut d'avoir cerné son jeu. Son véritable caractère a refait surface après des années de faux-semblants. Je me remémore certains détails, au tout début, et il y avait des signes avant-coureurs. Sa rigidité maladive n'est pas nouvelle. Elle est seulement moins bien dissimulée.

Est-il celui réunissant la famille au restaurant, visiblement heureux, et me prenant la main sur la table avec un regard enamouré, ou cet être solitaire et détaché ne s'épanouissant que loin de nous ? Laquelle de ses personnalités est la sienne propre ? Peut-être aucune. Il n'existe pas.

J'ai tout fait pour l'aider. Je l'ai encouragé malgré ses échecs répétés. Mais mes efforts ne servent à rien. Après chaque accalmie, la tempête reprend de plus belle. Je suis comme Sisyphe avec son rocher au pied de la montagne. Je n'ai plus aucun espoir. Il mentira toujours. Il ne se dévoilera jamais. Le piège s'est refermé.

L'amie des fleurs répliquait quelques heures plus tard, sans doute de retour après un dîner. Quitte ce tocard ! Il ne te mérite pas. Combien de temps vas-tu encore tolérer de rester auprès de celui qui ne t'apporte que déceptions sur déceptions ? Comment peux-tu encore supporter sa colère froide ? Il ne te bat pas, mais ses phrases assassines pour te nier sont pires que les coups. C'est plus sournois, ça ne laisse pas de traces visibles sur le corps. Mais je le vois dans ton regard. Cette petite flamme ternie par tant de tristesse.

Ne t'y trompe pas ! Il n'y a aucune crise à surmonter. Ce que tu considères comme des turbulences passagères ne sont pas des turbulences, et elles sont encore moins passagères. Le temps n'arrangera rien. C'est une descente aux enfers. Cet homme entraîne ceux qui l'aiment vers l'abîme.

Comment Clémence pouvait-elle s'être confiée à cette bécasse, amie seulement par ricochet car épouse de Charles, ancien camarade de la fac de biochimie ? Lui était plus intelligent, certes imbu de lui-même, à se pavaner de sa réussite professionnelle. Elle ne travaillait pas. Elle élevait sa fille. Elle le répétait avec beaucoup de fierté. Je ne voyais pas trop en quoi cela consistait, ni comment l'éducation de son enfant occupait ses journées, étant donné que, depuis l'école primaire, il y a donc plus de dix ans, la petite ne rentrait jamais à la maison avant au moins six heures du soir, accaparée par toutes sortes d'activités après la classe, tennis, flûte, poterie.

Non, vraiment, tout cela m'échappait. Elle n'avait aucune expérience, aucune situation. Rien. Alors, de quel droit venait-elle semer la discorde entre Clémence et moi ? C'est fou comme les êtres oisifs ont besoin de se mêler des affaires de leurs prochains. Et de se rassurer sur leur propre condition en dénigrant celle des autres.

Elle dressait de moi un portrait bien sombre. Mais il ne fallait pas exagérer. Je n'étais pas si méprisable. Je bricolais dans la maison dès que nécessaire. Je changeais les ampoules, je réparais les prises électriques, j'ai repeint le couloir. Je me coltinais les réunions de parents d'élèves. J'emmenais Clémence au théâtre, les enfants au cinéma. En voyage, je portais les bagages. Je parcourais des kilomètres et des kilomètres pour rentrer la plupart des week-ends.

Et l'autre faisait bien de remarquer que je n'ai jamais été violent. Je n'ai jamais levé la main sur Clémence, ni sur les enfants. Je ne frappe pas, même quand je suis à bout. Je m'en vais. Plusieurs heures, quelques jours. Je m'efface. Ou plutôt, je les efface. Momentanément. Mais il faut bien revenir. Et ils réapparaissent. En fait, ils n'ont pas bougé.

Mais loin d'eux, je m'ennuie plus encore. C'est dans ma nature profonde. Je m'ennuie chez moi, dans mon bureau. Je m'ennuie sur les routes. Je m'ennuie dans les chambres d'hôtel. Je m'ennuie dans la maison des Cévennes. Toujours je m'ennuierai. Et à part dans quelques moments d'euphorie, où je m'invente de brèves exaltations, ressentant un élan artificiel vers Clémence, tout en moi n'est que désert et lamentation.

Il fait nuit. Nuit noire. Les réverbères sont allumés. Les lumières dans les jardins sont éteintes. Les voisins sont allés se coucher. Ils lisent ou regardent la télévision. Les célibataires et les infidèles pianotent sur leur téléphone portable. D'autres s'aiment peut-être ou se disputent. Les plus sages cherchent déjà le sommeil. Rien n'a changé depuis hier. Le monde continue de tourner. La mort est insignifiante.

Quand Abraham, après avoir disposé le bois pour l'autel, attaché Isaac dessus, et s'être saisi du couteau, s'est apprêté à sacrifier son fils, Dieu l'en a empêché. Un ange l'a appelé du ciel pour interrompre son geste. « Ne lui fais aucun mal ! » L'intention Lui suffisait.

À moi Il n'avait rien demandé. Et dans la chambre du fils, seul j'étais, et seul je suis resté. Ni Dieu, ni aucun ange pour m'éclairer. Fallait-il y voir une approbation du Seigneur ? Ou une indifférence totale à mon sort, à notre sort ?

L'ordinateur de Pierre. Tout remettre à zéro. Puis son téléphone. Tiens, il a reçu une réponse d'un de ses amis suite aux quelques mots que j'ai rédigés ce matin. Tu dois être au-dessus de l'Atlantique. Veinard ! Profite bien ! En revanche, rien de Sandra.

L'ingrate ! Je consulte distraitement les messages des dernières semaines. Beaucoup sont destinés à ses camarades. Des échanges banals entre adolescents.

En parallèle avec une histoire avec une certaine Chloé, il avait commencé à faire une cour soutenue à la fameuse Sandra qui, néanmoins, semblait assez insensible à ses charmes. Il croyait pourtant que c'était gagné. Il était persuadé qu'elle n'avait d'yeux que pour lui. Il s'imaginait irrésistible. Mais il ramait, mon petit Pierre, il ramait beaucoup.

Puis sa persévérance est récompensée. Sandra cède enfin à ses tentatives de séduction. Chloé l'embarrasse désormais. Il la congédie brutalement. Finalement, pas libre ce week-end. Ni les week-ends suivants. Je n'ai pas apprécié le ton de ton dernier coup de fil. Ne cherche plus à me joindre. Suivent quelques messages d'incompréhension de Chloé, de colère, d'affliction. Puis plus rien. Ce n'est pas très courageux, Pierre. Je ne te félicite pas. Mais tu es jeune. Tu n'as que seize ans. Tu as le temps de grandir. Tu as le temps d'apprendre.

La suite n'est cependant pas très réjouissante. Les grandes déclarations de Pierre sont un peu pompeuses, celles de Sandra en retour sont timides et frileuses. Elle continue à employer un vocabulaire plus cordial que passionné. Elle annule parfois leurs rendez-vous, souvent presque à la dernière minute. Elle se justifie alors maladroitement, essaie de ne pas lui faire de peine, conclut par des phrases usées.

Nous aurons d'autres occasions. On se rattrapera la prochaine fois. Des formules insipides, des sentiments tièdes.

Un jour, elle a hâte de le retrouver. Le lendemain, elle n'est plus sûre de désirer le revoir. Ensuite, elle se grise à repérer entre eux tant de points communs. Puis elle déplore qu'ils soient si différents. Elle hésite, elle tergiverse.

Tu es sauvé, Pierre. Quand elle apprendra ta mort, Sandra va te parer de toutes les qualités, relire tes mots doux en versant des larmes, se souvenir de vos tendres baisers avec ravissement, se sentir coupable d'avoir fait montre d'une telle désinvolture. Tu vas devenir son grand amour de jeunesse. Elle te regrettera longtemps et ne t'oubliera jamais.

Le dernier téléphone. Celui de Clémence. Réinitialisation. Et je retire la puce. Un petit centimètre carré de circuits ayant contenu tout un présent ondoyant, les photos des enfants, certaines de nous deux, ou de moi seul, nos échanges, nos errements.

Où se situait le seuil de tolérance de Clémence ? Quand a-t-elle envisagé de poursuivre son chemin tout en se déliant de moi ? Était-ce le fruit d'une accumulation ? Ou avais-je prononcé une parole, agi d'une manière si désobligeante que le point de non-retour était désormais atteint ? Où se niche l'impardonnable ? À force de ne pas m'opposer de résistance appuyée, elle m'avait empêché d'entrevoir qu'un jour il serait trop tard.

Quand je suis rentré le lundi après le week-end de l'anniversaire de mariage, Clémence était dans le salon. J'étais étonné. Tu es là ? Oui. J'habite ici. Mais bien sûr, je sais que tu habites ici, je voulais dire… Tu ne travailles pas aujourd'hui ? Non, j'avais pris ma journée, tu te rappelles ?, pour prolonger notre séjour à Rome. Mais ça a été annulé. À ce propos, c'était bien Limoges ?

J'ai grommelé. Oui, oui, rien à signaler. Elle a soupiré. Eh bien, tant mieux ! Clémence, tu ne vas pas revenir là-dessus. Oh non ! De toute façon, entre ça et le reste ! Elle avait envie d'en découdre. Pas moi. Quel reste ? Écoute, c'est absurde. Je suis à la maison maintenant. Tout va bien. Non, tout ne va pas bien. Clémence, j'en ai assez. Si la vie que je t'offre ne te convient pas, tu n'as qu'à partir. Ah, mais non ! s'est-elle écriée.

Avant, à chaque fois que j'usais de ce stratagème, je la contraignais à me supplier, même si tout était de ma faute. Puis elle n'a plus supplié. Elle se contentait de se radoucir pour m'entendre retirer mes paroles. Plus tard, elle m'adressait une remarque un peu cassante. Elle me toisait comme un enfant capricieux faisant une crise passagère, sans s'en inquiéter davantage. Et elle quittait la pièce sans rien ajouter.

Mais ce jour-là, au lieu d'abandonner la partie, elle s'est levée et m'a fixé. J'ai acheté cette maison avec l'argent de l'héritage de mes parents. Je suis chez moi. C'est à toi de partir.

J'ai été un peu déstabilisé. Mais je n'y ai pas cru. Clémence, tu es seule au monde. Tu n'as plus de famille, à part moi. Ils sont tous morts ou disparus. Tes amis ? Ils ont leur vie. Tu déchanteras vite lorsque tu te rendras compte que tu es isolée pour tes anniversaires, qu'ils partent en vacances avec leurs proches. Toi, tu resteras ici. Qui voudra de toi ? Tu as quarante-quatre ans, deux enfants à charge. Et même eux ne tarderont pas à préférer la présence de leurs camarades à celle de leur mère abandonnée. Tu as dû penser à tout cela. Et cette projection t'horrifie. Alors, tu continueras à supporter mes sautes d'humeur, à accepter, à encaisser. Un homme de mon âge ne reste pas célibataire longtemps. Fais bien attention ! Tu ne pourras pas faire marche arrière.

Elle n'a pas baissé le regard. Elle m'a observé avec une détermination que je ne lui connaissais pas. Mais seule, je le suis déjà. Des heures où, ensemble, tu ne décroches pas un mot. Depuis des mois, tu m'évites, tu te cloîtres dans ton bureau, tu n'en sors que pour les repas. Et seule, je le suis aussi pour la plupart de mes anniversaires. Le plus souvent, tu es absent et la célébration se résume à un vague message impersonnel que tu m'envoies à la va-vite. Même les vœux des sites de vente en ligne ou du supermarché liés à la carte de fidélité sont plus chaleureux. Et il n'y a pas que les anniversaires. Je suis seule quand je voudrais fêter quelque chose avec toi. Je suis seule quand j'ai besoin de soutien. Je suis seule quand je doute. Je suis seule tout le temps, même quand tu es là. Surtout quand tu es là.

Alors, peut-être as-tu raison. Peut-être devrions-nous en finir. Je t'ai attendu, je t'ai espéré. Je voulais construire. Mais tu détruis tout. Tu salis même jusqu'à nos souvenirs. Et je suis fatiguée. Je suis épuisée par ton indifférence et tes menaces réitérées de me quitter à chaque fois que je prononce un mot qui te déplaît, à chaque fois que je me permets de relever un de tes mensonges, à chaque fois que je déborde de la petite case que tu m'attribues dans ton existence. Tu es plein de contours abrupts et coupants. Je ne cesse de m'écorcher à ton contact.

Quand tu es de bonne humeur, je dois être gaie et disponible. Quand je t'encombre, je dois disparaître du paysage sans rechigner. Tout doit toujours aller comme tu le décides, au moment où tu le décides. Ne jamais faire de vagues, sinon c'est le cataclysme. Alors, je te laisse me servir tes pauvres histoires. Mais je connais ton petit jeu. Tu es si tristement prévisible. Tu te caches. Tu triches. Et tu te sens fort.

Tu n'embellis pas ma vie. Au contraire, tu annihiles toute légèreté. Tout devient pesant à tes côtés. Tu compliques tout. Ta force de gravitation est mortifère. Je n'en peux plus de cette lourdeur que tu traînes sur nous, tout le poids de ton inertie, de ton inaptitude à la connivence, à l'harmonie.

J'ai deux enfants merveilleux, un métier passionnant, beaucoup de reconnaissance. Je pourrais être heureuse, mais non. Parce que mon mari est un homme glacial s'appliquant à me montrer en permanence que je ne vaux pas la peine d'être aimée. Que de demeurer à mes côtés n'a aucun intérêt. Qui n'a rien à me dire, rien à me raconter, et qui trouve son équilibre en s'éloignant de sa famille. Tu prends des airs supérieurs, mais tu es creux. Tu n'es qu'une coquille vide. D'un ennui mortel.

Notre histoire n'est même plus à l'agonie. Elle est à l'état de mort clinique. Alors, en effet, il est peut-être temps de débrancher le respirateur artificiel. Notre séparation marquera la fin d'une malédiction tombée sur moi depuis notre rencontre.

Elle me provoquait. Elle connaissait pourtant les conséquences possibles de cette attitude. Elle prenait sciemment le risque de me perdre. Elle en prenait même l'initiative. Je ne parvenais pas à discerner si c'était sous le coup d'une colère rentrée, car elle parlait très posément, ou si elle avait préparé cette scène depuis longtemps et qu'elle attendait juste une occasion pour tout déballer.

Avant, elle me lançait parfois quelques piques, mais je ne réagissais pas. Toujours glisser la poussière sous le tapis. C'est tellement plus confortable.

Quand les piques se faisaient plus explicites, quand elle insistait pour percer les méandres de mon comportement, ou juste pour désamorcer une situation qui s'envenimait, ajuster notre quotidien pour nous rapprocher, il me suffisait de me mettre en colère pour clore la discussion. Voyons, Clémence, tais-toi ! Jamais un mot plus haut que l'autre. Jamais rien qui puisse m'atteindre vraiment. Tu n'es pas contente ? Tant pis pour toi ! Garde ton chagrin, garde tout en toi. Je ne veux rien voir de tout cela. Cela ne m'importe pas.

Mais voilà ! Celle qui se rebellait jusqu'ici pour la forme, aspirant à une improbable éclaircie, mais si docile dans le fond, condamnée à tout accepter, parce que c'était ça ou rien, montrait désormais des velléités d'indépendance. Alors, j'ai tempéré sa tentative d'offensive. Et j'ai fait profil bas les jours suivants. J'ai affiché une grande cordialité avec toute la famille, comme si de rien n'était, comme si cette conversation n'avait jamais eu lieu. Tout s'est ainsi gentiment arrangé. Et je me suis juré de ne plus jamais agiter à l'avenir cette menace, indigne certes, et surtout périlleuse.

Mais Clémence, qui es-tu pour me défier ainsi ? Pourquoi vous êtes-vous tous ligués contre moi ? Toi, ma douce et tendre, vous, mes chers enfants, et tous les autres, les piètres amis, l'insipide maîtresse, les concurrents voraces, les clients hostiles.

Tous autant que vous êtes ! Si vous aviez été plus indulgents avec moi, je n'en serais pas arrivé là.

Je vais foutre le feu à la maison. Ça va être un gigantesque brasier. Puis un magnifique tas de cendres fumantes et de ruines encore rougies. Un tableau de maître ! Mais non, les pompiers vont débarquer. Il y aura une enquête et on va retrouver les corps. Et il me faut du temps pour fuir. Fuir, encore et toujours.

J'entends d'ici le clapotis léger du cumulus de la cuisine. Les gouttelettes d'eau produisent des sons cristallins comme le tintement de petits carreaux de verre les uns contre les autres quand le vent se lève. Ces étranges talismans à l'entrée de certaines maisons à la campagne. Le silence des champs tout autour. Et le cliquetis discret des frêles losanges de couleur qui s'entrechoquent doucement.

J'avale une gorgée de scotch. Je respire. Je me calme. Je me recentre sur mon programme. Maintenant, mon téléphone portable. Rétablir la configuration de sortie d'usine et le jeter. J'en ai acheté un autre avec une carte prépayée. Je le mettrai en fonction quand je serai loin. Brouiller les pistes. Semer la police.

Réfléchir posément. Qui pourrait apporter de la suspicion à notre disparition ? Les messages émis ce matin vont calmer tout le monde jusqu'en septembre. Clémence n'a plus de famille. J'ai avec mon frère des contacts assez rares. Notre mère faisait le lien. Elle n'est plus là. Jacques et Sébastien ? C'est réglé.

Reste l'entourage de Clémence. J'ai envoyé une lettre de démission, en imitant sa signature, à la maison de parfum où elle travaille. Les congés couvriront son préavis. Et je les ai prévenus de notre départ au Canada. Ses amis ? Ils vont partir en vacances, un long répit. J'espère qu'ils ne chercheront pas à la joindre à la fin de l'été. Ils n'y parviendront pas.

Seront-ils alors tentés d'appeler la police ? Non, ce genre d'alerte ne se manifeste que pour les personnes isolées, sans famille. Par crainte d'un malaise ou d'un accident, pour venir en aide à la victime. Clémence n'est pas seule. Nous sommes tous là pour lui porter secours s'il lui arrivait malheur. Ils se douteront que nous nous occupons d'elle. Son absence n'alarmera personne. Sans réponse de sa part, ils se lasseront.

Le collège et le lycée ne s'inquiéteront pas de l'absence de Pierre et de Pauline à la rentrée. Je leur ai déjà notifié le non-renouvellement de leur inscription. J'ai laissé assez d'argent sur le compte bancaire commun pour les prélèvements des trois prochains mois. L'eau, l'électricité, les forfaits téléphoniques, et cætera. L'administration mettra du temps à se réveiller. Après, ce seront les messages de relance puis, quelques semaines plus tard, les lettres recommandées. Il ne se passera rien de concret avant une bonne année, et encore !

Si les corps sont découverts un jour, quand je serai à l'abri, je serai sans doute accusé. Que penseront-ils tous de moi ? Mes parents sont morts. Ils ne me jugeront pas. Mon frère ne comprendra pas. Jacques et Sébastien ? Ils seront interrogés. Vous le connaissiez bien ? N'avez-vous pas remarqué un changement de comportement peu avant le drame ? Même un détail, concentrez-vous ! Et avez-vous eu des contacts avec lui depuis ? Le croyez-vous encore vivant ? Où est-il susceptible de se cacher ?

Un léger passage à vide. Des bribes me reviennent et me rapprochent de ce que j'ai anéanti, des matins de printemps radieux et des soirées hors du monde auprès de Clémence. Des moments de faiblesse où je m'imaginais amoureux, en communion avec ce qui m'entourait, une félicité accessible et faussement immuable. Il aurait fallu que le temps s'arrête alors. Car à chaque fois, à chaque changement de lumière, je redevenais celui qui ne savait pas aimer. Je n'étais pas plus mauvais qu'un autre, mais je n'avais aucune constance. J'étais trop influencé par des forces ombrageuses.

J'aurais pu vendre la maison des Cévennes, ou recourir à l'argent mis de côté en prévision de mon funeste projet pour éponger mes dettes. Mais cela n'aurait reporté le problème que de quelques mois, peut-être d'un an ou deux. Continuer à essayer de garder la tête hors de l'eau, jusqu'au prochain écueil, et toujours chanceler dans le même cercle vicieux.

Un nouvel été commence. Une autre vie. Ne pas se laisser aller aux sentiments. Sortir du brouillard. Aucune nostalgie. Prendre un nouveau départ, ne plus subir. Être maître de mon existence. Enfin !

La ville entière dort. Les innocents et les coupables, dans les mêmes vapeurs indolentes, dans le même sommeil oublieux. Une faille où tout se mélange et se dissout, où s'infiltre le vide. Quelques rêves, quelques cauchemars, quelques soubresauts pour braver le néant. C'est l'heure.

Je vais dans le jardin. Une brise légère me caresse le visage. L'air me fait du bien. Les motifs de la lampe extérieure forment des rosaces de lumière sur le sol, à l'image des vitraux des cathédrales. Je saisis la pelle et j'agrandis l'excavation creusée il y a quelques jours. Je jette d'abord la carabine au fond du trou.

Tout est prêt. Tout est silencieux. L'instant est solennel. Je vais chercher le corps de Clémence, puis celui de Pierre, et enfin celui de Pauline. Je les traîne un à un. Et je les dépose dans leur tombeau. Je place un crucifix, puis mon alliance dans leur sépulture. Je les recouvre de chaux vive, et de terre. Je reste debout de longues minutes, à m'égarer dans de nébuleux labyrinthes, peut-être à prier, à murmurer un mot à chacun d'eux.

Exactement à cet endroit, j'avais installé une balançoire pour les enfants. Je l'ai démontée il y a trois ans. C'est triste une balançoire à l'abandon. Le vestige d'une forme d'insouciance, le spectacle amer d'un paradis perdu. C'est à côté du carré de Pierre. Toutes ses fleurs et ses plantes aromatiques vont mourir, maintenant.

Après, ce fut l'espace réservé à nos repas les week-ends de soleil. Clémence choisissait pour la table une nappe décorée de végétaux aux couleurs vives, et pour les chaises des coussins assortis. Également en ce lieu, année après année, Pauline soufflait ses bougies, nous partagions le gâteau, elle ouvrait ses paquets. Des peluches, des jouets, des livres, un violon d'étude. Depuis un bon moment, elle réclamait un téléphone portable. Peut-être pour tes treize ans, avais-je fini par concéder, de guerre lasse, il y a quelques mois. Elle n'aura jamais treize ans. Mais mon cadeau est d'une tout autre dimension. J'ai transporté ton corps clandestinement, comme celui de Paganini. Grâce à moi, tu as connu la même destinée que ton maître adoré.

Et toi, Clémence, je te connais mieux que quiconque. Je sais lire au-delà de tes mots. Tu ne voulais pas te résoudre à accepter l'éventualité de notre séparation. Tu voulais simplement arrêter de souffrir. Tout le monde veut arrêter de souffrir. C'est toujours la recherche du même but. Arrêter de souffrir. C'est la grande question existentielle. Donner un sens à toute cette comédie, certes. Mais arrêter de souffrir, c'est l'ultime quête.

Et maintenant, tu es là, dans ce jardin que tu aimais tant. J'espère que tu y demeureras le plus longtemps possible, avant l'inhumation définitive au bord d'une allée de cimetière, où tu seras sans doute rejointe par nos enfants.

Un caveau familial ressemble à s'y méprendre à une fosse commune. Peu de différence. Le nombre de dépouilles. Le lien entre les êtres. Et l'identité ou l'anonymat de chacun. Mais même ces noms gravés sur une pierre, seules traces et preuves tangibles des cœurs anciennement palpitants des défunts, n'évoquent un jour plus personne, plus aucune image. Une suite de lettres, ou de sons s'ils sont lus à voix haute, dénuée de toute attache avec la réalité, de toute incarnation. Souviens-toi que tu es né poussière et que tu redeviendras poussière.

Je contemple le ciel. Je vois des étoiles, des constellations, tout un royaume. La marche de l'univers n'est point altérée. C'est la nouvelle lune. Elle se cache. Des scintillements ici et là. Une douce nuit d'été. Je baisse la tête. Un signe de croix. Adieu, mes chers disparus !

Je rentre dans la maison. Dernière tournée d'inspection. Et je prépare mon bagage. Quelques vêtements. Quelques livres. Je range dans la poche de ma veste mon billet de train réservé sous un faux nom. La rue est parfaitement déserte. Je sors les sacs-poubelles. Je les balance dans le container sur le trottoir. Les éboueurs passeront au petit matin. Ils emporteront tout, les ordinateurs, les téléphones, les albums photos, les objets précieux à chacun, notre vie, toute notre vie.

Quand les étrangers viendront, les enquêteurs, les investigateurs, toutes les affaires auront été incinérées dans une usine de traitement des déchets depuis des semaines ou des mois. Aucune preuve ne subsistera.

Hier soir. Nos dernières heures tous les quatre. Nos dernières heures ensemble. Nous avons dîné tôt. Il y a école demain. Nous avons regardé un film, tous assis sur le canapé et les fauteuils du salon. L'histoire d'un chien retrouvant son maître chaque jour à la gare, à son retour du travail. Jusqu'au jour où le maître meurt subitement et ne rentre pas. Le chien l'attendra fidèlement ce soir-là, puis tous les autres soirs pendant neuf ans. Pauline a essuyé une larme en se frottant la joue d'un geste furtif. Pierre a reniflé discrètement. Il n'en menait pas large non plus.

Extinction des feux. Les enfants sont allés se coucher. Je les ai embrassés une dernière fois. Je les ai serrés dans mes bras. Clémence a souri. Tu es bien sentimental, ce soir. Je l'ai serrée dans mes bras aussi. Je t'aime, Clémence. Je t'aimerai toujours. Je n'avais pas prononcé ces mots depuis des années. Et elle les a rejoints à l'étage. Je monterai plus tard. J'ai des bricoles à relire, quelques factures, quelques courriers.

Je suis allé dans mon bureau et j'ai allumé l'ordinateur. L'écran a affiché la photo de vacances de la famille réunie. Nous étions au comble de la joie. Je l'ai observée longtemps, très longtemps, sans me dérober. Puis l'écran s'est mis en veille. Il est devenu noir. Seule la diode à côté du bouton marche-arrêt luisait encore. Je n'ai pas bougé pendant une heure, deux heures, presque trois heures. Immobile au cœur des ténèbres, à fixer un écran noir dont je distinguais à peine les contours.

J'ai allumé une petite lampe. J'ai ouvert la porte de l'armoire fermée à clef. J'ai sorti la carabine de son étui et la boîte de cartouches. J'ai vissé le silencieux. J'ai chargé la carabine. J'ai éteint la petite lampe. J'ai attendu encore un peu.

J'ai gravi lentement chaque marche de l'escalier. Le couloir. Tout était si sombre. Mais mes yeux s'étaient habitués. Et un faible rayon de la lumière des réverbères de la rue passait à travers les lames des volets et les portes entrouvertes.

La chambre de Pierre. Mon fils. Mon aîné. Il avait le corps orienté vers le mur. Il dormait profondément. J'entendais son souffle. Il portait un tee-shirt camouflage et un short kaki. Je me suis approché. J'ai visé la tête. À bout touchant. J'ai tiré.

La chambre de Pauline. Ma fille. Ma petite princesse. Elle était tournée vers la fenêtre, peut-être pour pouvoir s'envoler en cas de danger venu de l'intérieur de la maison. Sa chemise de nuit blanche brodée dessinait comme un halo. Son sommeil paraissait léger. Quelques pas vers elle. Le canon contre sa tempe. J'ai appuyé sur la détente.

Notre chambre. Clémence. Mon amour. Elle était vêtue de sa nuisette en soie préférée. Sur le dossier du fauteuil était posé le déshabillé assorti, avec un liseré de dentelle. Elle avait une main sur mon oreiller. Elle respirait paisiblement. J'ai répété les mêmes gestes.

Quand tout a été fini, la médaille de la Vierge autour de son cou a brillé pendant deux ou trois secondes. Le vent avait sans doute déplacé une branche tamisant juste avant l'éclairage artificiel de l'extérieur. Puis ce fut la nuit.

À chaque fois, cela n'a duré que quelques secondes. Tout peut basculer si rapidement.

Je suis redescendu. Mes jambes ne me soutenaient plus aussi solidement. Je titubais presque lorsque je suis arrivé dans le salon. Je me suis effondré sur le canapé. J'étais comme anesthésié. Mais il restait encore beaucoup à faire.

Ne pas dévier de ce qui était prévu. Suivre le plan à la lettre. Un peu de courage. Préparer les corps pour l'enterrement la nuit d'après. Je suis allé à la cuisine me mettre de l'eau sur la nuque. J'ai refermé rapidement le robinet pour ne pas les réveiller. Les vieux réflexes d'avant. Mais ce n'était plus la peine. Je ne réveillerais plus personne.

Je suis remonté. Je les ai enveloppés de leurs draps, l'un après l'autre. Je ne verrais plus jamais leurs visages sous leurs linceuls. J'ai ramassé les douilles. J'ai nettoyé les traces de sang.

J'ai placé chaque corps dans une housse en plastique opaque. J'ai sécurisé les fermetures en trois endroits, comme des bandelettes autour de momies. Le ruban adhésif toile américaine se détachant du rouleau a émis plus de bruit que celui produit par les décharges de la carabine. Un bruit lancinant, déchirant, profanant le silence. Un sacrilège.

J'ai descendu les corps dans le salon, un par un. Et je me suis assis par terre, adossé au mur. Le plafonnier de l'entrée était allumé. Il troublait l'obscurité. Tout était figé.

Tout est accompli. Attendre l'aube. L'heure du départ. Depuis plusieurs minutes, un air s'immisce dans mon esprit. Quelques notes et, avec elles, l'émotion ressentie lorsque ma mère l'avait fait jouer, après la mort de mon père, juste avant de quitter notre maison en Eure-et-Loir. La plupart des meubles avait été vendue. Les cartons s'entassaient dans plusieurs coins. Les déménageurs allaient bientôt arriver. L'absence, un instant suspendu, la fin d'un monde.

Mon frère et moi étions restés dans nos chambres à l'étage. À traîner une dernière fois dans ces pièces désormais vides, à s'évertuer à scruter les contours des fenêtres, la couleur pâle du papier peint, les moindres détails devenus invisibles à force de les avoir tant côtoyés, à tenter de photographier intérieurement les volumes et les perspectives, tout notre quotidien désormais révolu. Une part de notre enfance. Tout ce qui n'existait déjà plus.

Et dans le silence, au milieu de ce paysage dévasté, nous avons entendu s'élever la voix de Maria Callas interprétant « La mamma morta ». Nous n'avions pas bougé, chacun enfermé en lui-même, rivé au bord d'un gouffre nous paraissant insurmontable.

L'aria s'était transformé en requiem. Notre mère disait adieu à l'homme de sa vie.

J'ai très peu écouté ce morceau depuis. Chaque mesure me rappelait ce moment à la fois d'offrande et d'abandon, me replongeait dans cette atmosphère de deuil. La perte de l'être cher. La solitude absolue. Je cherche le disque sur les étagères. Nous n'en avons plus beaucoup depuis que toute la musique est dématérialisée. Il ne doit pas être loin. Ah, voilà ! *Andrea Chénier* d'Umberto Giordano, sur un livret de Luigi Illica, Scala de Milan. J'introduis le CD dans la platine. Je monte le volume. L'acte 3. Je cherche le numéro de la plage. Je m'apprête à appuyer sur « play ».

Mais non, les voisins ! Ils sont tous au pays des songes, mais un seul d'entre eux pourrait tout ravager. Si l'intrus rôde autour du pavillon pour se distraire de son insomnie, ou pour passer en cachette un coup de fil clandestin sous prétexte de promener le chien tandis que sa tendre épouse se pare de ses dessous avant de s'alanguir au clair de lune sur le lit conjugal, s'il s'approche de la porte, il serait bien capable de venir sonner, de s'interposer. Il serait bien capable de venir tout salir. De me voler cette nuit qui n'appartient qu'à moi. Le bon citoyen invoquant le tapage nocturne, celui-là même laissant résonner dans la ville toutes ses petites trahisons, ses mots lâches et sirupeux, et ses pauvres serments. Je cours dans le bureau, récupère un casque, le branche, le pose sur mes oreilles. Et j'appuie sur « play ».

Je m'assois par terre et je ferme les yeux. Enfin, les premières notes. Tout est désolation. La seule lumière dans l'obscurité de la rue est celle qui brûle ce qui est perdu. « Porto sventura a chi bene mi vuole ! » Je porte malheur à qui m'aime. L'errance d'une âme en peine. Le découragement. L'abattement. Le néant.

Et soudain, l'amour vient et murmure des prières de sa voix harmonieuse. L'air s'envole à partir de la troisième minute. E dice : « Vivi ancora ! ». Vis encore ! Et l'espoir, fragile, renaît. Je recueillerai tes larmes. Je marcherai à tes côtés. J'effacerai le sang et la boue. « Io son divino ! Io son l'oblio ! » Je suis le divin. Je suis l'oubli. Je suis l'amour. Et l'amour peut sauver.

La mélodie se déploie, occupe tout l'espace, atteint le ciel. Elle s'achève en suspension, semblant promettre la sérénité. Elle s'évanouit ensuite dans un soupir, puis un demi-soupir. Tout est apaisé. Mais l'ange donne alors un baiser pour sceller cette alliance nouvelle. Et ce baiser est celui de la mort. Ce corps agonisant est le mien. Prends-le donc. « Io son già morta cosa. » Je suis déjà morte de toute façon.

Tout hésite encore entre la nuit et le jour, sans l'ivresse de l'une, ni l'espérance de l'autre. Je repense aux paroles de ma mère. « Et que Dieu te protège du malheur ! » Mais je ne peux pas me protéger de moi-même. J'ai cru souvent, justement, que j'apportais le malheur à qui m'entourait. Je me trompais. Je n'apporte pas le malheur. Je suis le malheur.

Je n'ai pas su veiller sur ma sœur. Je l'ai laissé souffrir, et mourir à huit ans. Et depuis, dans cette brume épaisse, sur ce tapis de ronces et d'épines, je m'abîme et j'abîme les autres. Je n'avais pas d'autre choix que d'abroger ce long segment de temps. Pourrai-je raccommoder et joindre les deux parties maintenant que le morceau corrompu est coupé ? Comme avec l'ADN, j'ai supprimé le bout de code altérant le reste de la séquence. Il paraît que cela permet d'éliminer les cellules malades, de guérir le corps. Annihiler tout un pan de mon existence pour la réparer, la rendre à nouveau viable. Tout recommencer sur des bases saines.

C'eut été un échec si j'avais divorcé et abandonné ma famille. La mort, en revanche, n'est pas un échec. C'est seulement la fin. Et qui sait d'ailleurs, si c'est la fin ? J'ai tué tous ceux que j'aimais. Et je suis enfin moi.

Si je parviens à disparaître, ce sera la grande réussite de ma vie. Ma première, ma seule réussite. L'accomplissement de mon destin. Quand l'alerte sera donnée, quand la police viendra enquêter, qu'elle découvrira sans doute les corps enterrés dans le jardin, dans un an, dans dix ans, je serai loin, très loin. Il ne fallait pas me défier, m'enfermer dans votre monde minuscule et corseté. Ce monde où l'on étouffe, ce monde où l'on suffoque.

Il ne reste plus rien du personnage que je me suis forgé. Pas même une lettre, pas même une photo, ni même une cicatrice. Comme la pluie d'orage lave le ciel. Tout redevient bleu. Les nuages noirs se sont dissipés, avalés par l'immensité azurée. Les tempêtes emportent les maisons et les hommes. Et sans évocation, sans images, on oublie vite à quoi ressemblait le paysage avant. Et un jour, on en vient à douter de la réalité même. Puis on se persuade que non. Ce n'était pas la réalité.

C'était un chemin que l'on aurait pu emprunter, mais que l'on a évité. Un mirage, une illusion. La preuve en est cette maison vide, sans âme qui vive, sans objets personnels, sans empreintes. Ce décor pourtant si familier m'est déjà presque étranger. Cet univers s'est effondré sur lui-même. Et bientôt, je ne me rappellerai même plus l'avoir connu. Tout se brouille. Tout s'estompe. Puis tout s'évanouit. C'est gagné.

Mon bagage est prêt. Je vais partir à la gare à pied, prendre le premier train. 5 h 08. Puis de Paris, le train pour les Cévennes.

Arrêter de faire semblant. Retirer mon masque. Il suffisait de fuir, seulement fuir. Mais les souvenirs. Même quand tout est fini, ils suivent encore après. Ils suivent jusqu'au bout. Tous les souvenirs. Clémence, Pierre, Pauline. Les leurs, les miens. Non. Je devais décomposer ce que j'avais composé pendant toutes ces années. Tout détruire. Tout abolir.

Le passé s'est dissous, comme sous l'effet de l'acide. Plus rien n'a existé. Plus rien.

Vais-je enfin dormir moi aussi ?

Imprimé en France par CPI
en janvier 2023

Composition : Nord Compo

Dépôt légal : février 2023
N° d'impression : 173586